地獄先生ぬ〜べ〜

ドラマノベライズ　ありがとう、地獄先生!!

真倉 翔　岡野 剛・原作
マギー　佐藤友治・脚本
岡崎弘明・著
マルイノ・絵

集英社みらい文庫

登《とう》場《じょう》人《じん》物《ぶつ》紹《しょう》介《かい》

鵺《ぬえ》野《の》鳴《めい》介《すけ》 ぬ～べ～

童守《どうもり》高校《こうこう》の霊能力教師《れいのうりょくきょうし》。
愛称《あいしょう》はぬ～べ～。
左手《ひだりて》に悪霊《あくりょう》を退治《たいじ》できる
鬼《おに》の力《ちから》を宿《やど》している。

高橋《たかはし》律子《リツコ》

童守《どうもり》高校《こうこう》の化学科教師《かがくかきょうし》。
美人《びじん》で教育熱心《きょういくねっしん》。幽霊《ゆうれい》や
妖怪《ようかい》といった非科学的《ひかがくてき》な
ことを信《しん》じない。

葉月《はづき》いずな

青森《あおもり》での厳《きび》しい修行《しゅぎょう》を逃《に》げ出《だ》してきた
見習《みなら》い霊媒師《れいばいし》。童守寺《どうもりじ》に居候中《いそうろうちゅう》。未熟《みじゅく》
な霊能力《れいのうりょく》でたびたびトラブルを起《お》こす。

玉藻《たまも》京介《きょうすけ》
童守高校《どうもりこうこう》の家庭科教師《かていかきょうし》。
バツグンのルックスで
生徒《せいと》に大人気《だいにんき》だが、
正体《しょうたい》は400歳《さい》の妖狐《ようこ》。
ゆきめ
5年前《ねんまえ》にぬ〜べ〜に
命《いのち》を助《たす》けられた雪女《ゆきおんな》。
ぬ〜べ〜を恋《こ》い慕《した》う、
自称《じしょう》フィアンセ。
無限界時空《むげんかいじくう》
修行僧《しゅぎょうそう》の姿《すがた》をした謎《なぞ》の霊能力者《れいのうりょくしゃ》。
除霊《じょれい》の実力《じつりょく》はたしかだが、
高《たか》い代金《だいきん》を要求《ようきゅう》される。
ぬ〜べ〜とは因縁《いんねん》の過去《かこ》が…!?
童守高校《どうもりこうこう》2年《ねん》3組《くみ》の生徒《せいと》たち
ぬ〜べ〜の担任《たんにん》するクラスの生徒《せいと》たち。
最初《さいしょ》はぬ〜べ〜を頼《たよ》りないと思《おも》っていたが、
妖怪《ようかい》から必死《ひっし》に生徒《せいと》を守《まも》ろうとする
ぬ〜べ〜を見《み》て、次第《しだい》に信頼《しんらい》しはじめ…。

目《もく》次《じ》

この世《よ》には
目《め》には見《み》えない
闇《やみ》の住人《じゅうにん》たちがいる

奴《やつ》らは
ときとして牙《きば》をむき
君《きみ》たちをおそってくる

彼《かれ》は
そんな奴《やつ》らから君《きみ》たちを守《まも》るため
地獄《じごく》の底《そこ》からやってきた
正義《せいぎ》の使者《ししゃ》なのかもしれない

第《だい》五《ご》怪《かい》
人体《じんたい》模型《もけい》の見《み》る夢《ゆめ》は…の巻《まき》

「じゃあ、回収《かいしゅう》するから、順番《じゅんばん》に持《も》ってきてくれ」

ぬ～べ～がそういうと、二年《ねん》三組《くみ》の生徒《せいと》たちは、それぞれ一枚《まい》の紙《かみ》を持《も》って、教壇《きょうだん》へとむかっていった。

その紙《かみ》には、みんなの進路《しんろ》希望《きぼう》が書《か》かれている。

全員《ぜんいん》から回収《かいしゅう》したぬ～べ～は、ぱらぱらとめくってみた。

その時《とき》、白紙《はくし》が一枚《まい》あることに気《き》がついた。

山口晶《やまぐちあきら》という名前《なまえ》しか書《か》かれていない。ぬ～べ～が晶《あきら》を見《み》やると、すずしげな顔《かお》で窓《まど》の外《そと》をながめていた。

休《やす》み時間《じかん》になり、ぬ～べ～は晶《あきら》を職員室《しょくいんしつ》に呼《よ》んだ。

「そろそろ、真剣《しんけん》に自分《じぶん》の進路《しんろ》を考《かんが》えたほうがいいんじゃないか」

しかし、晶《あきら》は顔色《かおいろ》一《ひと》つ変《か》えず、「なんで？」と聞《き》いた。

「なんでって、おまえ……。そりゃあ、そのほうがいいにきまってるだろ」

「何《なに》それ？　理由《りゆう》になってないよ」

「晶《あきら》は成績《せいせき》いいから、いい大学《だいがく》にだって余裕《よゆう》ではいれるだろ」

「うーん、大学《だいがく》は、いけるところならどこでもいいかなあ」

さめた声《こえ》で答《こた》える晶《あきら》に、ぬ〜べ〜は少《すこ》し眉《まゆ》をひそめた。

「どこでもって、もったいないだろ。せっかく、頭《あたま》いいのに……」

「うん。でも、やりたくないことを無理《むり》にやってもね」

「何《なに》か、やりたいことがあるのか？」

ぬ〜べ〜はやさしい声《こえ》で聞《き》いてみた。

「べつに、ない……。なんとなく、楽《たの》しければいいじゃんって感《かん》じかな」

晶《あきら》の返事《へんじ》を聞《き》き、ぬ〜べ〜はため息《いき》をつく。

「ふうっ、なんとなくってなあ……。とりあえず、これは一回《いっかい》返《かえ》すから、もう一度《ど》考《かんが》えて、だしなおしてくれ。な！」

「……はい」

晶《あきら》はうなずくと、進路希望《しんろきぼう》の紙《かみ》を受《う》けとり、職員室《しょくいんしつ》を後《あと》にした。

そのようすを見《み》ていたリツコ先生《せんせい》が、ぬ〜べ〜の元《もと》へきた。

「山口君《やまぐちくん》、どこかさめた顔《かお》をしてますね」

「そうなんですよ。晶《あきら》は何《なに》に対《たい》しても無関心《むかんしん》で、熱《あつ》くならないというか、つかみどころがないというか」

「熱《あつ》いのがカッコ悪《わる》いと思《おも》う世代《せだい》なんでしょう。でも、心《こころ》の奥《おく》には、きっと熱《あつ》い気持《きも》ちがかくれているはずなんです。それを呼《よ》びおこして、希望《きぼう》あふれる未来《みらい》にみちびくことこそが、わたしたち教師《きょうし》の役割《やくわり》なのではないでしょうか」

「リツコ先生《せんせい》……」

目《め》をかがやかせて語《かた》るリツコを、ぬ〜べ〜はじっと見《み》つめた。

「あ、すみません。私《わたし》が熱《あつ》くなっちゃって……。失礼《しつれい》します」

そういうと、リツコは職員室《しょくいんしつ》からでていった。

昼休《ひるやす》み、晶《あきら》は静《しず》かな理科室《りかしつ》の席《せき》に一人座《ひとりすわ》り、購買部《こうばいぶ》で買《か》ったパンを食《た》べていた。

机《つくえ》のうえには、ぬ〜べ〜からつきかえされた進路希望《しんろきぼう》の紙《かみ》がある。

「なんとなく楽《たの》しければ、なんだっていいんだけどな」

そうつぶやくと、その紙《かみ》を四《よ》つおりにしてポケットにしまう。そして、壁《かべ》ぎわにたつ人《じん》体《たい》模《も》型《けい》を見《み》つめた。

血《けっ》管《かん》や筋《きん》肉《にく》、目《め》玉《だま》や内《ない》臓《ぞう》などがむきだしになったぶきみな人《じん》体《たい》模《も》型《けい》。その人《じん》体《たい》模《も》型《けい》に、晶《あきら》は語《かた》りかける。

「なあ、おまえもそう思《おも》うだろ？」

人《じん》体《たい》模《も》型《けい》は、じっと晶《あきら》のほうを見《み》つめていた。

「よしっ、そろそろ教《きょう》室《しつ》に戻《もど》ろうっと」

晶《あきら》がたちあがった時《とき》、どこからともなく変《へん》な声《こえ》がした。

「……ンと……なク……」

「誰《だれ》？」

晶《あきら》がきょろきょろした時《とき》、リツコ先《せん》生《せい》がはいってきた。

「山《やま》口《ぐち》君《くん》。いま、人《じん》体《たい》模《も》型《けい》に話《はな》しかけてた？」

「あ、いや、なんかこいつには心《こころ》をひらけるんですよね。ほら、こいつも心《こころ》ひらいてくれて、ひらきすぎて内《ない》臓《ぞう》まで見《み》えてる。ははっ」

「ねえ、将来《しょうらい》のことでなやんでる？」

リツコは真剣《しんけん》な顔《かお》で晶《あきら》を見《み》た。

「あ、いや、なやんでるっていうか、その……」

「あなたは化学《かがく》が得意《とくい》なんだから、その能力《のうりょく》を人《ひと》のために使《つか》うっていうのはどう？　研究者《けんきゅうしゃ》になって、化学《かがく》の力《ちから》で生命《いのち》を救《すく》う！　地球《ちきゅう》にやさしいスーパーマン！」

リツコが興奮《こうふん》ぎみにしゃべるが、晶《あきら》はさめた顔《かお》をしたままだった。

「まあ、人体模型《じんたいもけい》に話《はな》すくらいなら、これからは私《わたし》に相談《そうだん》してね。鵺野先生《ぬえのせんせい》よりは、たよりになると思《おも》うから」

そういうと、満足《まんぞく》そうな顔《かお》でリツコは理科室《りかしつ》をでていった。

「スーパーマンか……」

つぶやきながら、晶《あきら》は壁《かべ》ぎわへと歩《ある》いていく。

「僕《ぼく》ががんばらなくたって、誰《だれ》かが勝手《かって》にスーパーマンになる。夢《ゆめ》をかなえなくたって、べつに不自由《ふじゆう》しないし、なんとなく楽《たの》しければいいよ……」

晶《あきら》の語《かた》りかけるさきには、ぶきみな表情《ひょうじょう》の人体模型《じんたいもけい》がいる。

「おまえは楽《らく》でいいよな。内臓《ないぞう》見《み》せてるだけで、オッケーなんだもん」

「……ンな……こト……ないヨ……」

人体模型《じんたいもけい》は、口《くち》をカクカクと動《うご》かした。

しゃべっているのだ。

「う、うわあぁぁっ！」

晶《あきら》は悲鳴《ひめい》をあげた。

「そん……ナに……おびえないデよ……」

「な、なんだ！　人体模型《じんたいもけい》がしゃべってる！」

「きみガ……話《はな》しかケてくれタから……ズっと……」

「な、何《なに》いってんだよ！」

「ひトり……だった……ボクモ……人間《にんげん》に……」

晶《あきら》は真《ま》っ青《さお》な顔《かお》で人体模型《じんたいもけい》を見《み》ていた。

逃《に》げだしたくても、恐怖《きょうふ》で足《あし》がすくんでいる。

「なんトなく生《い》きテるナ……ら……？……だっタら、そのカラダ……」

「！」

晶《あきら》は目《め》を見《み》ひらいた。

「ボクニ……貸《か》しテよ！」

次《つぎ》の瞬間《しゅんかん》、人体模型《じんたいもけい》から青《あお》い炎《ほのお》のかたまりとなった魂《たましい》が抜《ぬ》けでて、晶《あきら》にのりうつった。

晶《あきら》の体《からだ》に、バチバチと閃光《せんこう》が走《はし》る。

「うわあぁ！」

晶《あきら》の悲鳴《ひめい》が理科室《りかしつ》にひびきわたった。

童守寺《どうもりじ》の境内《けいだい》で、いずなは金閣寺《きんかくじ》のパンフレットを見《み》ていた。

ちらっと寺《てら》の本堂《ほんどう》を見《み》やると、和尚《おしょう》が近《ちか》づいた。

「金色《きんいろ》にはぬらんぞ」

和尚《おしょう》がそういった時《とき》、近《ちか》くで大《おお》きな音《おと》がした。

あわてて二人《ふたり》は音《おと》のしたほうへとむかう。

すると、植《う》えこみからひょっこりと晶《あきら》があらわれた。

人体模型《じんたいもけい》の魂《たましい》がのりうつった晶《あきら》は、そのまま全力《ぜんりょく》で走《はし》っていく。

「お、おいっ！」

和尚《おしょう》がとめるまもなく、晶《あきら》の体《からだ》は大木《たいぼく》に正面《しょうめん》からぶつかり、その場《ば》にたおれた。

ふたたびたちあがると、和尚《おしょう》の目《め》の前《まえ》をかけていく。

そして、またもやほかの木《き》にぶつかってころんだ。

「な、なんだ、アイツは……」

「鵺野《ぬえの》先生《せんせい》のクラスの子《こ》だよ。おーいっ！　何《なに》やってんだあ！」

いずながが叫《さけ》ぶと、晶《あきら》がたちあがってふりむいた。

「あー！……コンニ……チ……ワ！」

「な、なんでカタコトなの？」

いずなが聞《き》くと、晶《あきら》は何《なに》もいわずににっこりと笑《わら》った。

「ずいぶんと楽《たの》しそうじゃん！　おい、青少年《せいしょうねん》、何《なに》かあったの？」

「夢《ゆめ》が……かなっタんダ！」

「ほう、いったいどんな夢《ゆめ》がかなったんだ？」

和尚《おしょう》がたずねると、晶《あきら》の笑顔《えがお》はさらにかがやきを増《ま》した。

「人間《にんげん》にナるコと！」

それを聞《き》いて、いずなと和尚《おしょう》は不思議《ふしぎ》そうに顔《かお》を見《み》あわせた。

夕方《ゆうがた》、ぬ〜べ〜は職員室前《しょくいんしつまえ》の廊下《ろうか》で玉藻《たまも》に話《はな》しかけていた。

「何度《なんど》もいうようですが……、私《わたし》は鵺野先生《ぬえのせんせい》の相談相手《そうだんあいて》ではない」

玉藻《たまも》がふきげんそうにいった。

「でも、玉《たま》ちゃんしか相談《そうだん》できる相手《あいて》いないし」

「おかしいでしょう。私《わたし》は妖怪《ようかい》ですよ」

それを聞《き》いて、ぬ〜べ〜は軽《かる》く笑《わら》ったが、すぐに真剣《しんけん》な表情《ひょうじょう》をする。

「その……、玉《たま》ちゃんの夢《ゆめ》ってなんだ？」

「もちろん、人間界《にんげんかい》を支配《しはい》して、世界《せかい》を恐怖《きょうふ》におとしいれることです」

「こわいことというなよ。じゃあ、なんでいま家庭科《かていか》の教師《きょうし》やってんの？」

「いや、あなたが教師《きょうし》をつづけろといったんでしょう！」

「そっか……」

「そんなことより鵺野先生《ぬえのせんせい》。時空《じくう》との間《あいだ》に何《なに》があったのですか？」

「え？」

「この前《まえ》、父親《ちちおや》だといってましたよね」

「ああ」といって、ぬ〜べ〜は遠《とお》くを見《み》つめるような目《め》になった。

父親《ちちおや》との過去《かこ》のできごとが、ふいに思《おも》いかえされる。

あの日《ひ》、ぬ〜べ〜は、病《やまい》で伏《ふ》している母《はは》を、霊能力《れいのうりょく》で救《すく》おうとしていた。

経文《きょうもん》を読《よ》もうとしたが、はげしく父《ちち》にとめられた。

『やめろ、未熟者《みじゅくもの》！　未熟《みじゅく》な霊能力《れいのうりょく》では、誰《だれ》も救《すく》えない！』

父《ちち》のその言葉《ことば》が、いまでも耳《みみ》の中《なか》にひびく。

「どうしたんですか、鵺野先生《ぬえのせんせい》？」

ぼんやりとしているぬ〜べ〜を見《み》て、玉藻《たまも》が声《こえ》をかけた。

「あいつは、母《かあ》さんを見《み》すてたんだ……。あいつの話《はなし》はもういい。じゃあ、今度《こんど》は玉《たま》ちゃんが俺《おれ》の質問《しつもん》に答《こた》える番《ばん》！」

ぬ〜べ〜が笑《わら》ってみせると、玉藻《たまも》はたじろいだ。

「私《わたし》の番《ばん》？」

「俺《おれ》の生徒《せいと》に、なんとなく楽《たの》しければいいやっていう、ちょっとさめた生徒《せいと》がいるんだ。進路《しんろ》のことで俺《おれ》は、どんな言葉《ことば》をかけてあげればいいのかわからなくて……」

「何《なに》もほしがろうとせず、高望《たかのぞ》みもしない、恋愛《れんあい》にも興味《きょうみ》がない。いわゆるサトリ世代《せだい》とかいうやつですかね……。たしかに、やる気《き》をださせるのがむずかしい人種《じんしゅ》といえます」

「玉《たま》ちゃん、ずいぶんくわしいね」

その時《とき》、ぬ～べ～の左手《ひだりて》がブルブルっと震《ふる》えた。

「あっ！　呼《よ》びだしっ！」

ぬ～べ～は玉藻《たまも》をその場《ば》に残《のこ》し、あわててひとけのない場所《ばしょ》へと走《はし》った。
◇◇◇◇◇◇◇◇◇◇◇◇◇◇◇◇◇異空間《いくうかん》◆◆◆◆◆◆◆◆◆◆◆◆◆◆◆◆◆

ぬ～べ～は、ふんぞりかえっているバキの前《まえ》にどさっと落《お》ちた。

「最近《さいきん》、呼《よ》びだしが雑《ざつ》じゃないですか？」

ゆっくりとたちあがり、ぬ～べ～はバキを見《み》つめる。

「聞《き》いてらんねえよ！　進路《しんろ》になやむ生徒《せいと》にかける言葉《ことば》が見《み》つからないだと？　あまするわ！」

バキはふきげんな声《こえ》をだした。

すると、わきにいる美奈子《みなこ》が笑顔《えがお》で元気《げんき》づける。

「自分《じぶん》のあまさをのりこえることも、成長《せいちょう》につながるわ、鵺野君《ぬえのくん》」

「美奈子先生《みなこせんせい》。俺《おれ》の言葉《ことば》が生徒《せいと》の人生《じんせい》をきめるかもしれないんです。そう考《かんが》えると、てきとうなことはいえない……」

「時《とき》には、どんと背中《せなか》を押《お》してあげることも必要《ひつよう》よ」

なやむぬ〜べ〜にむかって、美奈子《みなこ》はやさしく微笑《ほほえ》んだ。

「べつに押《お》さなくていいんだよ！　おまえら教師《きょうし》は、いっつも夢《ゆめ》を持《も》てっていうだろ。夢《ゆめ》をあきらめさせることのほうが大事《だいじ》だってのを、俺《おれ》はいいたいんだよ！」

バキはおこったようにいった。

「夢《ゆめ》をあきらめさせる？」

ぬ〜べ〜はきょとんとする。

「ああ、かないもしない夢《ゆめ》のために、とほうもない努力《どりょく》をして、あとで本人《ほんにん》が気《き》づいた時《とき》は、絶望的《ぜつぼうてき》だぞ。だったら、おまえらが最初《さいしょ》からあきらめさせてやれよ！」

「夢《ゆめ》を見《み》ることができれば、それは実現《じつげん》できます！」

美奈子《みなこ》が声《こえ》を大《おお》きくした。

「将来《しょうらい》の夢《ゆめ》とか目標《もくひょう》がなくてもな、人間《にんげん》は勝手《かって》に歩《ある》いていくんだよ！」

バキが怒鳴《どな》る。

「うーん、わからない……」

ぬ〜べ〜は首《くび》をひねった。

「そうだ！　考《かんが》えたってわかんねーんだ。動《うご》いてから考《かんが》えろ！」

バキにそういわれて、ぬ〜べ〜はまたなやみはじめてしまった。

◇◇◇◇◇◇◇◇◇◇◇◇◇◇◇◆◆◆◆◆◆◆◆◆◆◆◆◆◆◆◆◆◆◆◆

翌朝《よくあさ》、二年《ねん》三組《くみ》の教室《きょうしつ》に晶《あきら》があらわれた。

「オハヨウございマーす！　みんナめっちゃ元気《げんき》い？」

カタコトのあいさつに、生徒《せいと》たちはきょとんとする。みんなのおしゃべりはぴたっととまった。

「ど、どうしたの、晶《あきら》？」

郷子《きょうこ》が晶《あきら》をまじまじと見《み》つめた。

「ボクは、ミんなの仲間《なかま》ダよ！　みンな友《とも》ダちだ！　さア、勉強《べんきょう》、勉強《べんきょう》ダ！」

晶《あきら》は近《ちか》くのイスに座《すわ》るが、そこはまことの席《せき》だった。

「そこはぼくの席《せき》だよ！　晶《あきら》の席《せき》、あっちだろ？」

「あ、そっカ！　あっチダ！」

晶《あきら》はたちあがると、廊下《ろうか》へと飛《と》びだしていった。

「なんだあ、あいつ」

克也《かつや》は目《め》をまるくしておどろいていた。

ぬ～べ～が教室《きょうしつ》にむかっている時《とき》、走《はし》る晶《あきら》とすれちがった。

「オハヨウございマーす！」

「おっ、晶《あきら》！　今日《きょう》はまたずいぶん元気《げんき》がいいな……。ん？」

その瞬間《しゅんかん》、晶《あきら》から妖気《ようき》を感《かん》じた。

「待《ま》て！　お、おまえは、誰《だれ》だ！」

晶《あきら》はその場《ば》に足《あし》をとめた。

ぬ～べ～が水晶玉《すいしょうだま》をかざすと、水晶越《すいしょうご》しに見《み》える晶《あきら》の顔《かお》は、理科室《りかしつ》においてある人体模《じんたいも》型《けい》だった。

「いったい何《なに》があったんだ？」

ぬ～べ～は晶《あきら》をつれて、理科室《りかしつ》へとむかう。

途中《とちゅう》、玉藻《たまも》がいたので、この状況《じょうきょう》を説明《せつめい》し、一緒《いっしょ》にきてもらった。

「そこにある人体模型《じんたいもけい》に魂《たましい》がやどり、その魂《たましい》が山口晶《やまぐちあきら》の肉体《にくたい》にとりついたと？」

ひっそりとたたずむ人体模型《じんたいもけい》を見《み》ながら、玉藻《たまも》がたずねる。

「そういうこと……だな？」

ぬ～べ～は晶《あきら》に返事《へんじ》をうながした。

「ウン。借《か》りタんだヨ、晶君《あきらくん》ノからだをネ」

晶《あきら》がさらりと答《こた》えると、玉藻《たまも》は首《くび》をひねった。

「どうするおつもりですか？　鵺野先生《ぬえのせんせい》」

「もちろん、除霊《じょれい》する」

ぬ～べ～が経文《きょうもん》をとりだすと、晶《あきら》は顔色《かおいろ》を変《か》えた。

「ま、待《ま》ってよ！　ヤっと、やっト人間《にんげん》にナれたんだ！　オねがいダよ、鵺野先生《ぬえのせんせい》！　モう少《すこ》しダけ、人間《にんげん》でイさせテよ！」

「いや、しかしな……」

ぬ～べ～は残念《ざんねん》そうな顔《かお》をしてみせた。

「ずっト、暗《くら》い理科室《りかしつ》デ見《み》てタんダ！　めっちゃアコガレてた……。ボクダって、形《かたち》は同《おな》ジ人間《にんげん》なノに……」

晶《あきら》が悲《かな》しい顔《かお》で、すがりつくようにいうと、ぬ～べ～は何《なに》もいえなくなった。

その時《とき》、玉藻《たまも》が口《くち》をはさんだ。

「鵺野先生《ぬえのせんせい》が救《すく》ってくれるのは、人間《にんげん》だけですか？」

はっとするぬ〜べ〜をよそに、玉藻《たまも》は晶《あきら》の胸《むね》に手《て》をかざした。

魂《たましい》がぼんやり光《ひか》る。

「山口晶《やまぐちあきら》本人《ほんにん》の魂《たましい》は、心《こころ》の奥底《おくそこ》で生《い》きている。あと二十四時間《よじかん》ぐらいは、このままでも平気《へいき》でしょう」

「二十四時間《よじかん》……」

「このかわいそうな霊《れい》を、いま強制成仏《きょうせいじょうぶつ》させて、鵺野先生《ぬえのせんせい》は本当《ほんとう》にこの霊《れい》を救《すく》ったといえるのでしょうか」

「それは……」

ぬ〜べ〜はぎゅっと目《め》をとじ、考《かんが》えこんだ。


教壇《きょうだん》にたつぬ〜べ〜と晶《あきら》の姿《すがた》を、クラスのみんなが不思議《ふしぎ》そうに見《み》ている。

晶《あきら》の横《よこ》には、理科室《りかしつ》から持《も》ってきた人体模型《じんたいもけい》がたたせてあった。

ぬ〜べ〜は、ざわつくみんなにむかって、晶《あきら》の身《み》に何《なに》がおきたのかを説明《せつめい》した。

大騒《おおさわ》ぎとなった中《なか》、晶《あきら》が口《くち》をひらく。

「はジメましテ、人体模型《じんたいもけい》デす！　よロしク！」

みんなはかたまったようにおしだまり、じっと彼《かれ》を見《み》つめた。

「というわけだ。みんな、よろしくな」

「ちょ！　ちょっと待《ま》って！　早《はや》い、早《はや》い！　いったん整理《せいり》させて」

正義感《せいぎかん》の強《つよ》い菊池静《きくちしずか》が、すかさず声《こえ》をだした。

すると、まことも口《くち》をひらく。

「つまり、その……、晶《あきら》の中身《なかみ》は、そこにある人体模型《じんたいもけい》ってこと？」

「そういうことだ」

「えーっ！　でも、でも、どうして？　人体模型《じんたいもけい》に魂《たましい》なんてあったの？」

美樹《みき》がそう聞《き》くと、ぬ〜べ〜はコホンとせきばらいした。

「人《ひと》の形《かたち》をしたモノ、つまり人形《にんぎょう》などには魂《たましい》がやどりやすい。むかしから、髪《かみ》がのびる人《にん》形《ぎょう》の話《はなし》などたくさんある。この人体模型《じんたいもけい》も、晶《あきら》が毎日《まいにち》のように話《はな》しかけていたから、いつしか魂《たましい》がやどったんだ」

「そんなことって……」

美樹《みき》が目《め》をくるくるとさせると、白戸秀一《しらとしゅういち》が口《くち》をはさんだ。

「マジかよ……。晶本人《あきらほんにん》は大丈夫《だいじょうぶ》なの？　そのまま、のっとられたりとかしない？」

「明日《あした》の正午《しょうご》には、人体模型《じんたいもけい》の魂《たましい》だけを成仏《じょうぶつ》させる。それ以上《いじょう》は、危険《きけん》だ」

「そっか！　それで朝《あさ》、こいつは異常《いじょう》なテンションだったのか！」

克也《かつや》が大声《おおごえ》をだすと、まこともうなずいた。

「ぼくの席《せき》に勝手《かって》に座《すわ》るし、なんか変《へん》だと思《おも》ってたよ」

この不思議《ふしぎ》なできごとをなんとか理解《りかい》しようとする生徒《せいと》たちを見《み》て、ぬ～べ～が頼《たの》んだ。

「こいつは、人間《にんげん》へのあこがれが強《つよ》すぎて、魂《たましい》がやどってしまったかわいそうなやつなんだ。だからみんな、明日《あした》までこいつをクラスメイトとして受《う》けいれてやってほしい。悔《く》いのないように、楽《たの》しい思《おも》い出《で》を一緒《いっしょ》に作《つく》ってやってほしいんだ」

「明日《あした》マで、めっちゃ人間《にんげん》しマーース！　みンな友《とも》ダチになっテくださイ！　よろシくオねがいいたシまス！」

晶《あきら》がぺこりとおじぎをした。

「よし！　わかった！　一日限定《にちげんてい》の転校生《てんこうせい》だ。みんな、仲《なか》よくしようぜ！」

広《ひろし》がたちあがり、みんなを見《み》まわした。

「マジか、広《ひろし》」と克也《かつや》がいう。

「しょうがねえだろ。命《いのち》さずかっちゃったんだから！」

「ア……アリガとう、広君《ひろしくん》！」

晶《あきら》はうれしそうだ。

「でも、晶本人《あきらほんにん》は納得《なっとく》してくれてるのかな？」

篠崎愛《しのざきあい》がメガネに手《て》をかけながら、心配《しんぱい》そうな顔《かお》をすると、克也《かつや》が笑《わら》った。

「ははっ、アイツならオッケーっていうだろ」

「でも、なんて呼《よ》べばいいの？　晶君《あきらくん》じゃないわけだし……」

法子《のりこ》がそういうと、まことが提案《ていあん》する。

「人体模型《じんたいもけい》だから……、『ジンタ』ってのはどう？」

「うわっ！　てきとーっ！」

郷子《きょうこ》の声《こえ》に、みんなは笑《わら》いだした。

「ジンタ。ボクの名前《なまえ》は、ジンタ」

「よろしくな、ジンタ！」

広《ひろし》がにっこりとしていう。

「ほかのクラスにはないしょだぞ。とくにリツコ先生《せんせい》にはな……」

ぬ〜べ〜のその言葉《ことば》に、みんな大《おお》きくうなずいた。


その日《ひ》、晶《あきら》の体《からだ》にのりうつったジンタの存在《そんざい》をむかえいれ、二年《ねん》三組《くみ》のみんなは彼《かれ》と一緒《いっしょ》になって一日《にち》をすごした。

ジンタはノートに必死《ひっし》に文字《もじ》を書《か》こうとするが、うまくいかない。

「ジンタ、ペンはこう持《も》つの」

静《しず》かがやさしく教《おし》えると、うれしそうにジンタは何度《なんど》もノートに字《じ》の練習《れんしゅう》をした。それでも、文字《もじ》なのか記号《きごう》なのかよくわからないぐちゃぐちゃとしたものだった。

家庭科《かていか》の授業《じゅぎょう》では、調理実習《ちょうりじっしゅう》でジンタが包丁《ほうちょう》を持《も》とうとした。

「いや、ジンタ。それはやめといたほうがいいって」

まことが必死《ひっし》でとめる。

ジンタは自分《じぶん》の手《て》を切《き》りおとさんばかりに、ぶきように包丁《ほうちょう》を使《つか》っていたからだ。

それを見《み》ていた玉藻《たまも》がすっと近《ちか》づき、ジンタの包丁《ほうちょう》を持《も》つ手《て》をうえから握《にぎ》る。

「あとは私《わたし》がやる」

玉藻《たまも》はジンタから包丁《ほうちょう》をそっととりあげ、ものすごい速《はや》さで食材《しょくざい》をきざみだした。

できあがった料理《りょうり》を食《た》べたジンタは、大声《おおごえ》をだした。

「めっちゃおイしい！　めっちゃオいしイよっ！」

ジンタは玉藻《たまも》にむかって、大《おお》きな笑顔《えがお》を見《み》せた。

「玉藻先生《たまもせんせい》。ボク……、いまめっちゃ楽《たの》しイよ！　玉藻先生《たまもせんせい》ガ、鵺野先生《ぬえのせんせい》を説得《せっとく》シてくレたカらだ。ありガとウ！」

「かんちがいするな。私《わたし》の目的《もくてき》のためだ」

玉藻《たまも》は、ジンタの耳元《みみもと》でそっとささやいた。

「おまえが、与《あた》えられた一日《にち》の中《なか》で、人間《にんげん》として何《なに》を感《かん》じるのか、とても興味《きょうみ》がある」

そういわれたジンタは、よくわからないという顔《かお》をした。

次《つぎ》の化学《かがく》の時間《じかん》、ジンタは理科室《りかしつ》の一番前《ばんまえ》に座《すわ》り、じっとリツコ先生《せんせい》を見《み》つめていた。

「リツコ先生《せんせい》……」

ジンタは、人体模型《じんたいもけい》の中《なか》にいた時《とき》のことを思《おも》いかえす。

いつもやさしい笑顔《えがお》で、その体《からだ》をていねいにふきそうじしてくれたリツコ先生《せんせい》。

美《うつく》しいリツコ先生《せんせい》、すてきな先生《せんせい》、大好《だいす》きな先生《せんせい》……。

「ああ……、リツコ先生《せんせい》……。イツも見《み》てタ……大好《だいす》キな……」

ジンタが目《め》をとじ、うっとりとしていると、広《ひろし》の声《こえ》がした。

「おい！　ジンタ！　おきろ！」

「ア……、リツコ先生《せんせい》……」

ジンタが目《め》を開《あ》けると、目《め》の前《まえ》にリツコの顔《かお》があった。

「ジンタって？」

はじめて聞《き》いたその名《な》に、リツコはきょとんとしている。

人体模型《じんたいもけい》の魂《たましい》が晶《あきら》の体《からだ》の中《なか》にはいっているという事実《じじつ》。リツコはそれを知《し》らない。

「あ、いや、晶《あきら》！　一番前《いちばんまえ》で、どうどうと寝《ね》てんじゃねえよ！」

広《ひろし》はあわててごまかした。

「イや、寝《ね》てナいっテ！　ボク寝《ね》テないヨー！」

ジンタのあわてぶりをみて、生徒《せいと》たちはみんな笑《わら》った。

休《やす》み時間《じかん》、ジンタはみんなと一緒《いっしょ》に校庭《こうてい》でサッカーをはじめた。

ぬ～べ～は、楽《たの》しそうにボールを追《お》いかけるジンタを、職員室《しょくいんしつ》の窓《まど》から見《み》ていた。

玉藻《たまも》がぬ～べ～のわきにたち、話《はな》しかける。

「すっかりとけこんでいるようですね。さすが鵺野先生《ぬえのせんせい》のクラスだ」

「あいつらは、幽霊《ゆうれい》や妖怪《ようかい》になれているからな」

「しかし、山口晶《やまぐちあきら》の体《からだ》を貸《か》すことを、あなたはよく許《ゆる》してくれましたね」

玉藻《たまも》がいうと、ぬ～べ～は左手《ひだりて》の手袋《てぶくろ》をさする。

「玉《たま》ちゃんから、晶《あきら》の魂《たましい》は深《ふか》い意識《いしき》の中《なか》にあるって聞《き》いて、あることを考《かんが》えたんだ……」

「え？」

「人体模型《じんたいもけい》が晶《あきら》の体《からだ》で生《い》きるよろこびを感《かん》じれば、その気持《きも》ちは晶《あきら》にもきっと伝《つた》わる。そしたら、さめた晶《あきら》の心《こころ》にも、何《なに》か変化《へんか》が生《しょう》じるんじゃないかって」

ぬ～べ～は玉藻《たまも》の顔《かお》をじっと見《み》つめた。

「将来《しょうらい》ノ夢《ゆめ》？」

サッカーを終《お》え、校庭《こうてい》から教室《きょうしつ》に戻《もど》るジンタをリツコがひきとめた。

「ねえ、山口君《やまぐちくん》、将来《しょうらい》の夢《ゆめ》は見《み》つかった？」

ジンタはリツコのやさしそうな笑顔《えがお》にすいこまれそうになった。

「もしかしてまだ書《か》けてないの？　進路希望《しんろきぼう》」

「進路希望《しんろきぼう》？　ア、あ……、マだでス」

「そう……。じゃあ特別《とくべつ》にこれをあげる」

リツコはお守《まも》りをとりだし、ジンタに手渡《てわた》した。

「私《わたし》のクラスの生徒《せいと》たちには、毎年《まいとし》この時期《じき》に渡《わた》しているの。将来《しょうらい》の夢《ゆめ》が、かないますようにって」

ジンタは、そのお守《まも》りをじっと見《み》つめる。

「リツコ先生《せんせい》、ボクは……」

その時《とき》、ジンタの言葉《ことば》をさえぎるように、チャイムが鳴《な》りひびいた。

授業《じゅぎょう》のために去《さ》っていくリツコ先生《せんせい》の背中《せなか》を、ジンタはいつまでも見《み》ていた。

翌日《よくじつ》、教室《きょうしつ》の黒板《こくばん》には、『さよならジンタお別《わか》れ会《かい》』とチョークで大《おお》きく書《か》かれていた。

黒板《こくばん》の前《まえ》には、人体模型《じんたいもけい》がおいてある。

ぬ〜べ〜が時計《とけい》を確認《かくにん》すると、十二時《じ》五分前《ふんまえ》だった。

「じゃあみんな、約束《やくそく》の時間《じかん》だ。ジンタ、いいな？」

ジンタはこくりとうなずいた。

生徒《せいと》たちみんながさびしげにジンタを見《み》ている中《なか》、ぬ～べ～は経文《きょうもん》をとりだし、除霊《じょれい》の準備《じゅんび》をした。

「よし、これでおまえの魂《たましい》は、成仏《じょうぶつ》することになる」

はいといって、ジンタはいすにちょこんと座《すわ》り、目《め》をつぶった。

「おい！　ジンタ！」

その声《こえ》に目《め》をひらくと、広《ひろし》がたっていた。

「俺《おれ》、楽《たの》しかったぞ！　おまえとサッカーできて、楽《たの》しかった！」

「広君《ひろしくん》……」

「私《わたし》も楽《たの》しかったよ。もっといろんなこと、一緒《いっしょ》にしたかったな」

静《しずか》のやさしい言葉《ことば》に、ジンタはうなずいた。

「静《しずか》チャん……」

「ジンタバージョンの晶《あきら》も悪《わる》くなかったよ。さびしいな……」

秀一《しゅういち》がいうと、まことも口《くち》をひらいた。

「人間《にんげん》に生《う》まれ変《か》わって、きっとまた会《あ》えるよ」

「みんナ……」

「さぁ、時間《じかん》がない」

ぬ〜べ〜が時計《とけい》を見《み》る。十二時《じ》ぴったりだった。

ジンタはまた目《め》を閉《と》じた。

右手《みぎて》には、昨日《きのう》リツコ先生《せんせい》からもらったお守《まも》りがある。

ジンタはそのお守《まも》りをぎゅっと握《にぎ》った。

そのとたん、どくんと心臓《しんぞう》が高鳴《たかな》る。

気《き》づくと、体《からだ》がこきざみに震《ふる》えていた。

「……イヤだ」

ジンタがそんなことをいいだしたので、ぬ〜べ〜は、はっとする。

「イヤだ、イヤだ！　成仏《じょうぶつ》なんてテレタクない！」

「どうした？　ジンタ！」

「そう、ボクの名前《なまえ》はジンタ……でも、ボクは存在《そんざい》しナいんだ！」

ジンタはたちあがった。

「おちつけ！　ジンタ！」

ぬ〜べ〜が手《て》をのばすと、ジンタは払《はら》いのけた。

「さわルな！　これカラは、ボクが晶《あきら》になルー！」

「お、おまえ……、何《なに》いってんだよ！」

克也《かつや》が目《め》をまるくする。

「そしたら、晶《あきら》はどうなんのよ！」

郷子《きょうこ》が怒《おこ》ったようにいうと、クラスのみんなは騒《さわ》ぎだした。

「晶《あきら》の魂《たましい》は、眠《ねむ》ったままになっちゃう！」

愛《あい》が強《つよ》い口調《くちょう》でいうと、静《しず》かもつづく。

「そうよ。晶《あきら》を……晶《あきら》を返《かえ》してよ！」

「な、なんダヨ。ミんな、さっきマデ、さびしいッテ、イッテタじゃなイか」

「座《すわ》れ、ジンタ！」

ぬ～べ～が強《つよ》くいう。

「そんナの、そンなノいやだ、このまま消《き》えルなんてイヤだ」

ジンタが悲《かな》しげにいうのを、みんなはあわれみの表情《ひょうじょう》で見《み》ていた。

「ジンタ！　おまえの居場所《いばしょ》は、ここにはないんだ！」

ぬ～べ～がはっきりと告《つ》げた。

「うわぁァア！」

ジンタが叫《さけ》ぶと、その体《からだ》に電撃《でんげき》がバチバチと走《はし》った。

閃光《せんこう》がはじけるたびに、人体模型《じんたいもけい》の姿《すがた》がうかびあがる。

「ボクは！　ボクはッ！　ドけーッ！」

ジンタは理科室《りかしつ》に転《ころ》がっていた人体模型《じんたいもけい》を抱《だ》きかかえると、もうれつな速《はや》さで廊下《ろうか》に飛《と》びだしていった。

「ジンターっ！」

ジンタを追《お》いかけて、教室《きょうしつ》から走《はし》りでたぬ〜べ〜は、玉藻《たまも》とはちあわせする。

「玉藻《たまも》、アイツはどっちへいった！」

「さぁ」

「教《おし》えてくれ！　晶《あきら》の魂《たましい》が！　もう時間《じかん》がない！」

「べつにあの生徒《せいと》の体《からだ》が、人体模型《じんたいもけい》の魂《たましい》にのっとられたとしてもかまわない」

「何《なに》？」

「むしろあの生徒《せいと》より、一《ひと》つの肉体《にくたい》を有効《ゆうこう》に活用《かつよう》できるかもしれない……」

「ふざけるな。人間《にんげん》の命《いのち》をなんだと思《おも》っている……」

「妖怪《ようかい》の命《いのち》はどうお考《かんが》えですか。人間《にんげん》と妖怪《ようかい》、命《いのち》の重《おも》みにちがいはあるのでしょうか」

「そ、それは……」

ぬ〜べ〜がいいよどむと、窓《まど》の外《そと》に雷雲《かみなりぐも》がたちこめ、雨《あめ》がふりはじめた。


ジンタは理科室《りかしつ》にかけこむと、かかえていた人体模型《じんたいもけい》を、乱暴《らんぼう》に床《ゆか》にたたきつけた。

ころがったプラスチックの模型《もけい》をにらみつける。

「コんナ、こンな、コレが、ボク……」

「何《なに》してるの！」

その声《こえ》にはっとしてふりかえると、リツコ先生《せんせい》がたっていた。

ジンタは、ゆっくりとうしろにさがる。その手《て》には、くしゃくしゃになったお守《まも》りがかたく握《にぎ》りしめられていた。

「リツコ先生《せんせい》、ボクニは、将来《しょうらい》ノ夢《ゆめ》なンて、はじめからナイんだ」

「何《なに》いってるの？　誰《だれ》にだって、未来《みらい》は無限《むげん》にひろがってるわ」

「未来《みらい》なンテなイ！　だってボクは、この人体模型《じんたいもけい》ナんだカら！」

ジンタは人体模型《じんたいもけい》をふみつけた。

「何《なに》してるの！　やめなさい！」

しかるリツコに、ジンタはゆっくりと歩《あゆ》みよる。

「リツコ先生《せんせい》、ボクは、ずっト、先生《せんせい》のコとガ……」

「え……？」

ジンタの体《からだ》に、バチバチと閃光《せんこう》が走《はし》りはじめた。

「ボク、人間《にんげん》になリたイ。人間《にんげん》にナりタいんだ。ソれが、ボクの夢《ゆめ》……」

ジンタの手《て》から、握《にぎ》りつぶされたお守《まも》りが床《ゆか》に落《お》ちた。

空《そら》にいなずまが走《はし》り、ジンタの顔《かお》が青白《あおじろ》くてらされる。

その顔《かお》は人体模型《じんたいもけい》だった。

「キャーッ！　こ、これは何《なに》かのまちがい。プラズマ？　そう！　プラズマよ！」

恐怖《きょうふ》で悲鳴《ひめい》をあげたリツコの視界《しかい》が揺《ゆ》れ、気《き》が遠《とお》くなっていった。

「リツコ先生《せんせい》……。ボクを、ボクを、たすケて……」

リツコにむかってジンタは手《て》をのばした。

ふたたび稲光《いなびかり》が走《はし》り、ジンタの顔《かお》が人体模型《じんたいもけい》となっててらされる。

その時《とき》、ぬ～べ～が飛《と》びこんできた。

「リツコ先生《せんせい》！」

広《ひろし》たち生徒《せいと》のみんなも、一緒《いっしょ》にかけこんでくる。

「ジンタ！」

「ウウうっ……」

ジンタはバチバチと閃光《せんこう》を発《はっ》しながら、苦《くる》しんでいた。

「くそ、もう時間《じかん》がない！　わが左手《ひだりて》に宿《やど》りし鬼《おに》よ、いま、その封印《ふういん》をとく！」

ぬ～べ～が手袋《てぶくろ》を脱《ぬ》ぐと、左手《ひだりて》が光《ひかり》を放《はな》ちはじめた。

「覚悟《かくご》しろ！　光明遍照《こうみょうへんじょう》　現威神力《げんいじんりき》　魔界鬼界《まかいきかい》　降伏怨念《こうふくおんねん》　不思議力《ふしぎりき》　悪霊退散《あくりょうたいさん》！　ハ――ッ！」

鬼《おに》の手《て》がジンタの体《からだ》をつらぬく。

バリバリとはげしい閃光《せんこう》がジンタの全身《ぜんしん》を走《はし》った。

「ぬ～べ～、やめてよ！　晶《あきら》が死《し》んじゃう！」

まことが泣《な》きそうな声《こえ》をだした。

「幽体摘出《ゆうたいてきしゅつ》ーッ！」

鬼《おに》の手《て》で人体模型《じんたいもけい》の魂《たましい》を、晶《あきら》の肉体《にくたい》からビリビリとはがしはじめる。

「ぎぃいいいいいやあぁああぁああぁああぁ！」

晶《あきら》の体《からだ》から抜《ぬ》けだした魂《たましい》が、叫《さけ》び声《ごえ》をあげて、人体模型《じんたいもけい》の体《からだ》に戻《もど》った。

「うっ」といって、晶《あきら》が目《め》を覚《さ》ました。

われに返《かえ》り、元《もと》の山口晶《やまぐちあきら》となって、自分《じぶん》の手足《てあし》を不思議《ふしぎ》そうに見《み》つめている。

「あっ、晶《あきら》が目《め》を覚《さ》ました！」

まことが、いち早《はや》くそれに気《き》づいた。

「晶《あきら》、大丈夫《だいじょうぶ》か？　こわい目《め》にあわせてすまなかった」

ぬ〜べ〜が心配《しんぱい》そうに晶《あきら》を見《み》る。

その時《とき》、人体模型《じんたいもけい》の口《くち》が動《うご》き、晶《あきら》にむかって話《はな》しはじめた。

「なんデ、こんナに人間《にんげん》にナりたいボクがなレなくて……、何《なに》モない君《きみ》ガ……生《い》きテるんだ……」

人体模型《じんたいもけい》の目《め》から、涙《なみだ》がひとすじ流《なが》れおちる。晶《あきら》の目《め》もうるんでいた。

「……すまない」

ぬ〜べ〜が歩《あゆ》みより、そういうと、ふたたび人体模型《じんたいもけい》が話《はな》しはじめた。

「……鵺野先生《ぬえのせんせい》……ボクは……人間《にんげん》に……リツコ先生《せんせい》……が、イッテたンだ……夢《ゆめ》は……

必《かなら》ズ……」


「ああ、きっとかなうさ」

人体模型《じんたいもけい》の体《からだ》から魂《たましい》がふわりと飛《と》びあがった。人魂《ひとだま》のように、ふわふわと飛《と》んでいき、人体模型《じんたいもけい》の魂《たましい》は成仏《じょうぶつ》した。

ぬ〜べ〜が人体模型《じんたいもけい》をかかえあげて元《もと》の場所《ばしょ》にたたせる。

生徒《せいと》たちは、みんなだまってそれを見《み》ていた。

「さぁ、みんな、教室《きょうしつ》に戻《もど》れ」

ぬ〜べ〜はそういい、リツコの元《もと》へ歩《あゆ》みよった。

「気《き》を失《うしな》ってくれてたすかったね、鬼《おに》の手《て》を見《み》られないですんだ」

心配《しんぱい》そうに見守《みまも》っていたまことがそういうと、ぬ〜べ〜はうなずいた。

「ああ、リツコ先生《せんせい》には刺激《しげき》が強《つよ》すぎる。目《め》が覚《さ》めた時《とき》には、全部夢《ぜんぶゆめ》だったってうまく説《せつ》明《めい》しないと……」


放課後《ほうかご》、晶《あきら》は屋上《おくじょう》に一人《ひとり》たっていた。

ポケットにはいっていた一枚《まい》の紙《かみ》をひろげる。それはヘタクソな字《じ》で書《か》かれたジンタから晶《あきら》への手紙《てがみ》だった。

『晶君《あきらくん》へ
考《かんが》えてみたら、君《きみ》にだけはちゃんとお別《わか》れの言葉《ことば》をいえないことに気《き》づいて、この手紙《てがみ》を書《か》くことにしたよ。

たった一日《にち》だけど、君《きみ》のおかげでずっとあこがれていた人間《にんげん》になれた。ありがとう。

暗《くら》い理科室《りかしつ》にいたボクにとって、すべてが楽《たの》しくて、まぶしかった。

でも、もしまだボクに時間《じかん》があったら、もっとみんなと話《はな》したかった。

もっとみんなといろんな勉強《べんきょう》をしたかった。

みんなと同《おな》じように、将来《しょうらい》の夢《ゆめ》を持《も》ちたかった。

ボクに将来《しょうらい》はないけど、キミはなんだってできる。

なんにだってなれる。

そのことに気《き》づいてくれたなら、ボクが生《う》まれてきた意味《いみ》はあったのかなあ?

迷《まよ》っても、目《め》をそらさないで見《み》てほしい。

目《め》の前《まえ》には、もう新《あたら》しい未来《みらい》がはじまっているから。

このさき見《み》つけるキミの「何《なに》か」が、なんとなく楽《たの》しいなんてもんじゃなくて、めっちゃ楽《たの》しケレばいいネ』

手紙《てがみ》を読《よ》む晶《あきら》の耳《みみ》に、ジンタのあのカタコトの声《こえ》が聞《き》こえるようだった。

その時《とき》、うしろから近《ちか》づくぬ〜べ〜に気《き》づいた。

「僕《ぼく》はどうしたらいいんだろう。自分《じぶん》のやりたいことがわからないんだ。だから、興味《きょうみ》のないフリをして、いつもごまかしてた……」

晶《あきら》はそういうと、ポケットから何《なに》も書《か》かれていない進路希望《しんろきぼう》の紙《かみ》をとりだした。

ぬ〜べ〜はその紙《かみ》をひったくると、くしゃくしゃにまるめた。

「だったら、がむしゃらに生《い》きてみろ！　将来《しょうらい》の夢《ゆめ》とか、そんなこと考《かんが》えてるひまがなくなるくらい、必死《ひっし》に生《い》きてみろ！　ジンタが全力《ぜんりょく》で人間《にんげん》だったように……」

「……」

「そしたら、やりたいこととか、夢《ゆめ》とかは、勝手《かって》にあとからついてくるから！」

ぬ〜べ〜のその言葉《ことば》に、晶《あきら》はにっこりと笑《わら》った。

「ん？　どうした、晶《あきら》」

「ぬ〜べ〜のわりに、いいこというじゃん！」

「たまにはいいことをいう！　俺《おれ》はそういう男《おとこ》だ！　ははっ」

ぬ～べ～と晶《あきら》は晴《は》れやかに笑《わら》った。


「鵺野《ぬえの》先生《せんせい》！」

帰《かえ》り道《みち》、うしろから呼《よ》びとめられて、ぬ～べ～はギクッとした。

「リ、リツコ先生《せんせい》……、目《め》が覚《さ》めましたか？　ま、まだいろいろと混乱《こんらん》しているとは思《おも》いますが、全部《ぜんぶ》……」

「妖怪《ようかい》のせいですよね」

「そう、全部《ぜんぶ》妖怪《ようかい》のせい……って、ええ！　え？　えー！」

「すべて見《み》ていました」

「ええっ！　じゃあ、お、おお……鬼《おに》の手《て》も！」

さっきは気《き》が遠《とお》くなりかけていたリツコだったが、目《め》の前《まえ》でくりひろげられた信《しん》じられない光景《こうけい》と、はじめて見《み》たぬ～べ～のりりしい姿《すがた》を、しっかりと覚《おぼ》えていた。

「はい」

リツコは、はっきりと返事《へんじ》をした。

そして、思《おも》いつめたような顔《かお》でおちこんでいるぬ〜べ〜を見《み》つめる。

「こわいでしょう、こんなおそろしい左手《ひだりて》を持《も》ってるなんて……」

ぬ〜べ〜が小声《こごえ》でいった。

「私《わたし》の中《なか》の常識《じょうしき》は、今日《きょう》すべてくずれさりました。教師《きょうし》としての私《わたし》の教育論《きょういくろん》も、生徒《せいと》にとっては、ただの押《お》しつけだったのかもしれません」

「リツコ先生《せんせい》？」

ぬ〜べ〜はきょとんとする。

「それともう一《ひと》つ、今日気《きょうき》づいたことが……」

リツコは意味深《いみしん》にいった。

その時《とき》、いい雰囲気《ふんいき》で語《かた》りあっていた二人《ふたり》の姿《すがた》を、遠《とお》くからゆきめがじっとにらんでいたが、ぬ〜べ〜は気《き》がつかなかった。

第六怪《だいろっかい》

妖怪《ようかい》、おはぐろベッタリの巻《まき》

◇◇◇◇◇◇◇◇◇◇◇◇◇◇◇◇◇◇◇異空間《いくうかん》◆◆◆◆◆◆◆◆◆◆◆◆◆◆◆◆◆◆◆◆◆

ここは、ぬ〜べ〜の左手《ひだりて》の中《なか》の世界《せかい》。

急《きゅう》な呼《よ》びだしを受《う》け、ぬ〜べ〜はその異様《いよう》な空間《くうかん》にたっていた。

「も–、なんなんすか、なんにもなやんでないすよ」

ぬ〜べ〜は口《くち》をとがらせた。

「こいつがさ、わけわかんないこというんだよ！」

バキは美奈子先生《みなこせんせい》をにらんであきれたようにいう。すると、美奈子《みなこ》も声《こえ》を荒《あら》げる。

「わけわかんなくなんか、ないです！」

「ちょっ、ちょっと、二人《ふたり》ともどうしたんですか」

ぬ〜べ〜は二人《ふたり》の顔《かお》を交互《こうご》に見《み》やった。

「おまえら人間《にんげん》は、子供《こども》に、『いうこときかないと鬼《おに》がくる』とかいうだろ。なんで、そんなウソつくんだよ」

バキが口《くち》をひらくと、美奈子《みなこ》がいいかえす。

「それは、ウソじゃない。しつけです。教育《きょういく》の一《ひと》つです」

「だって、ウソじゃん！　俺《おれ》いかねえもん」

「だから、ついていいウソもあるんです」

「でた！　ついていいウソ！　わっけわかんねえ。とにかくな、どんなウソだろうが、ウソついたら、地獄《じごく》でエンマさまに舌《した》を抜《ぬ》かれるからな」

その言葉《ことば》に、ぬ〜べ〜がきょとんとする。

「え？　それはウソじゃないの？」

「ウソじゃねえよ、でっかいハサミで舌《した》抜《ぬ》かれるからな」

「人《ひと》を傷《きず》つけないためのウソなら、神様《かみさま》だって許《ゆる》してくれます。やさしさからつくウソは、ウソじゃありません」

「じゃあ、おまえが中学生《ちゅうがくせい》だとしよう。ある日《ひ》、女《おんな》の子《こ》に告白《こくはく》される。でもそれは、ぜーんぜんタイプの子《こ》じゃない。さあ、なんていってことわる？」

バキはぬ〜べ〜にそう聞《き》いた。

「えっと、ぜんぜんタイプじゃないのか、困《こま》ったなあ……」

「鵺野《ぬえの》君《くん》、女《おんな》の子《こ》を傷《きず》つけないであげて」

美奈子《みなこ》が横《よこ》から口《くち》をだした。

「じゃあ、『いまは部活《ぶかつ》がいそがしくて彼女《かのじょ》とかつくる気分《きぶん》じゃないんだ、ゴメン』とか」

ぬ〜べ〜が話《はな》すと、美奈子《みなこ》は微笑《ほほえ》んだ。

「うん、それは悪《わる》いウソじゃない」

「しかし数日後、おまえは別《べつ》の女《おんな》の子《こ》と出会《であ》い、おたがい一目《ひとめ》ぼれ。めでたく付《つ》きあうことになった。さあ、それを知《し》った彼女《かのじょ》はどう思《おも》う？」

バキが意地悪《いじわる》くいうと、ぬ〜べ〜は困《こま》った顔《かお》をしてみせる。

「そ、それは……」

「おまえが、しょうもないやさしさからついたウソのおかげで、彼女《かのじょ》はよけい傷《きず》つくな。きっというぞ。『だますなら、最後《さいご》までだましてほしかった！』ってな」

バキの言葉《ことば》に、美奈子《みなこ》は首《くび》をふった。

「そんなことという中学生《ちゅうがくせい》はいない」

「……でも、そうですよね」

ぬ〜べ〜は妙《みょう》に納得《なっとく》した表情《ひょうじょう》だ。

「いいくるめられちゃダメ。いうでしょ、ウソも方便《ほうべん》って」

眉《まゆ》をひそめた美奈子《みなこ》にむかって、バキがふたたび聞《き》く。

「じゃあ、もう一《ひと》つ聞《き》くぞ。罪《つみ》をうたがわれて、警察《けいさつ》に追《お》われた親友《しんゆう》がおまえの家《いえ》にきた。親友《しんゆう》は無実《むじつ》だというから、おまえは部屋《へや》にかくまった。そこへ警察《けいさつ》がきて、玄関先《げんかんさき》で『逃《に》げた犯人《はんにん》を知《し》らないか』と聞《き》く。ウソをついたらおまえも共犯《きょうはん》だ。さあ、どうする？」

「ここにはいませんっていう」

美奈子《みなこ》はすかさず答《こた》えた。

「ふんっ、ウソをつくってことだな」

「ちがうの……。『ここ』っていうのは玄関《げんかん》のことだから、ウソじゃないでしょ。それならウソはつかずに、親友《しんゆう》を守《まも》れる」

「すごい！　さすが美奈子先生《みなこせんせい》！」

ぬ〜べ〜はおもわず拍手《はくしゅ》した。

「いやいや、ウソはウソだろ」と、バキはむっとしている。

「だとしても、ついていいウソです」

「しかし数日後、親友《しんゆう》は罪《つみ》を告白《こくはく》して警察《けいさつ》につかまり、おまえは共犯者《きょうはんしゃ》となった。人《ひと》のためについたウソが、やがては自分《じぶん》を苦《くる》しめる。すべて、ウソをついたおまえが悪《わる》い！」

「その『しかし数日後《すうじつご》』って話《はなし》のもっていき方《かた》は、ずるい」

美奈子《みなこ》は口《くち》をすぼめた。

「どんなウソも、最後《さいご》は自分《じぶん》を傷《きず》つけるってことだよ。それを覚悟《かくご》で、一生《いっしょう》そのウソをつきとおせるか。それができなきゃ、ウソなんかつくなってこった」

「たしかにそうね。今日《きょう》は負《ま》けをみとめるわ」

美奈子《みなこ》はすなおにそういった。

すると、バキが意外《いがい》そうな顔《かお》をする。

「うっそーん」

美奈子《みなこ》はにこりと笑《わら》った。

「はぁ？」とバキはあきれる。

「ははははは！　私《わたし》の勝《か》ちぃー」

「おまえ、エンマさまに舌抜《したぬ》かれるぞっ！」

バキがおもわず怒鳴《どな》ると、美奈子《みなこ》はえへっと舌《した》をだして、楽《たの》しそうに笑《わら》った。

「美奈子先生《みなこせんせい》……」

ぬ～べ～は、美奈子《みなこ》の笑顔《えがお》をうっとりとながめていた。

◇◇◇◇◇◇◇◇◇◇◇◇◇◇◇◇◇◇◆◆◆◆◆◆◆◆◆◆◆◆◆◆◆◆◆◆

「美奈子先生《みなこせんせい》……」

アパートの部屋《へや》でまどろんでいたぬ～べ～は、うわごとのようにつぶやいた。

「あの人《ひと》、美奈子先生《みなこせんせい》っていうんですか！」

その声《こえ》にぬ～べ～はがばっとおきた。

目《め》の前《まえ》に雪女《ゆきおんな》のゆきめがいる。

「わっ、びっくりした！　勝手《かって》にはいってくんなよ！」

「この前見《まえみ》たんです。ダーリンがきれいな女《おんな》の人《ひと》と二人《ふたり》で学校《がっこう》から帰《かえ》ってるところ」

「ああ、それは、リツコ先生《せんせい》だよ。帰《かえ》る方向《ほうこう》が一緒《いっしょ》だったから……」

「ダーリン、リツコ先生《せんせい》のこと好《す》きなんですか？　正直《しょうじき》にいってください」

ぬ～べ～は困《こま》ったように頭《あたま》をかいたが、ぽつりともらす。

「……うん……好《す》きだ……」

「いやあああぁ！」

ゆきめはショックで真《ま》っ青《さお》な顔《かお》になった。

「いや、でも、あれだ、それは教師仲間《きょうしなかま》として好《す》きということで、恋愛感情《れんあいかんじょう》とかはない
……、かな、うん」

「じゃ、私《わたし》のことは？」

「え？　まあ……、もちろんきらいではないよ」

ぬ〜べ〜はなやみつつ、そう答《こた》えた。

「きらいじゃないってことは、好《す》きってこと？」

「うん、まあ、そうなるのかな」

その言葉《ことば》に、ゆきめはにっこりと笑《わら》う。

「ホント？　ウソじゃない？」

「うん。まあ、その、妖怪《ようかい》としてだぞ」

「じゃ、ダーリンは私《わたし》のものね」

ゆきめはキスしようと近《ちか》づいた。

ぬ～べ～はあわてて両手《りょうて》をのばして肩《かた》を押《お》さえ、押《お》しとどめる。しかし、ゆきめは目《め》を閉《と》じて、ぐっと顔《かお》をよせた。

「近《ちか》い、近《ちか》い。やめろっ！」

ぬ～べ～は必死《ひっし》で抵抗《ていこう》した。

翌朝《よくあさ》、ぬ～べ～は大《おお》あくびをして、職員室《しょくいんしつ》へとむかった。

そんなぬ～べ～を待《ま》っていたように、玉藻《たまも》が職員室《しょくいんしつ》の戸《と》に手《て》をかけてたっている。

「鵺野《ぬえの》先生《せんせい》、リツコ先生《せんせい》に何《なに》があったんですか？」

「はあ？」

「あれほど、妖怪《ようかい》はいない、プラズマだっていいはってた彼女《かのじょ》が、めんどくさいことになってますよ、ほら」

そういうと、玉藻《たまも》は戸《と》を開《あ》けて、ぬ～べ～を職員室《しょくいんしつ》へととおした。

中《なか》にはいると、リツコがメモを片手《かたて》に教頭《きょうとう》に何《なに》やら熱心《ねっしん》に聞《き》いていた。

「ああして、先生《せんせい》たちみんなに、妖怪《ようかい》や幽霊《ゆうれい》の話《はなし》をインタビューしているんです」

玉藻《たまも》が軽《かる》く笑《わら》ってみせると、ぬ～べ～の耳《みみ》に、教頭《きょうとう》の言葉《ことば》がはいってきた。

「私《わたし》が見《み》たのはツチノコです。子供《こども》のころにスイカ畑《ばたけ》で。こんぐらいあったかなあ。誰《だれ》も信《しん》じてはくれませんでしたけど」

教頭《きょうとう》がそこまで話《はな》すと、リツコは目《め》をかがやかせた。

「私《わたし》は信《しん》じます！　妖怪《ようかい》や幽霊《ゆうれい》、目《め》に見《み》えないものを否定《ひてい》するのはまちがってます！」

「ああいってますけど」

玉藻《たまも》は、にが笑《わら》いしていた。

「リツコ先生《せんせい》も極端《きょくたん》だなあ……」

ぬ〜べ〜は、この前《まえ》リツコにすべてを見《み》られたことを思《おも》いかえした。

さらにほかの先生《せんせい》に妖怪《ようかい》インタビューをしようとしているリツコのところに、ぬ〜べ〜はあわててかけよった。

「おはようございます、リツコ先生《せんせい》。妖怪《ようかい》とかそういう話《はなし》は、ここではあまり……」

いわれてリツコが周囲《しゅうい》を見《み》ると、教師《きょうし》たち全員《ぜんいん》があきれ顔《がお》で彼女《かのじょ》を見《み》やっていた。

「わ、私《わたし》は、教師《きょうし》として、そういったものに科学的《かがくてき》な興味《きょうみ》を持《も》っただけです」

「リツコ先生《せんせい》、そのへんの話《はなし》は、あとでゆっくり鵺野先生《ぬえのせんせい》とお二人《ふたり》で」

玉藻《たまも》がにやにや笑《わら》っていうと、リツコが目《め》をかがやかせた。

「では、鵺野先生《ぬえのせんせい》。のちほど理科室《りかしつ》にきていただいてもよろしいでしょうか」

ぬ〜べ〜は困《こま》った顔《かお》をしてみせながらも、内心《ないしん》、その誘《さそ》いがうれしくもあった。

童守寺《どうもりじ》の本堂《ほんどう》の中《なか》で、広《ひろし》たちクラスのみんなと和尚《おしょう》とが真剣《しんけん》な顔《かお》で話《はな》していた。

「さっきさあ、理科室《りかしつ》でぬ〜べ〜とリツコ先生《せんせい》が二人《ふたり》っきりでなんかしゃべってたよ」

美樹《みき》がそんなことをいいだしたからだ。

「最近《さいきん》、ぬ〜べ〜を見《み》るリツコ先生《せんせい》の顔《かお》が、なんとなく前《まえ》とちがうんだよなあ」

広《ひろし》が話《はな》すと、まことやほかのみんなもうなずいた。

その時《とき》、いずながうしろをむいたままで、すうっと本堂《ほんどう》にあらわれた。

「あ、いずなさん、さっきぬ〜べ〜とリツコ先生《せんせい》がさあ……」

美樹《みき》が声《こえ》をかけた瞬間《しゅんかん》、いずながふりかえった。

「ばあっ！」

髪《かみ》の毛《け》で顔《かお》の半分《はんぶん》がかくれ、前歯《まえば》には黒《くろ》いおはぐろがベッタリぬられている。

うわーっとみんなはおどろいて、うしろにひっくりかえった。

「がはははーっ、大《だい》・成《せい》・功《こう》！」

いずなが豪快《ごうかい》に笑《わら》う。

「もう！　何《なに》その顔《かお》！」

美樹《みき》が目《め》をまるくしていうと、いずなが説明《せつめい》する。

「最近《さいきん》、外《そと》を歩《ある》くと男《おとこ》たちからすぐに声《こえ》かけられてめんどうでさ。いっそこんな顔《かお》で歩《ある》いてやろうかと思《おも》って」

「こわすぎ！　もうそれ、妖怪《ようかい》ですよ」

郷子《きょうこ》があきれた。

「ぼくは、たとえそんな顔《かお》でも、いずなさんが好《す》きです！」

まことが何気《なにげ》なく口《くち》ばしると、みんなはかたまった。

「おい、まこと、急《きゅう》にどうした？」

広《ひろし》が聞《き》くと、まことはあわてる。

「あ、いや、そうじゃなくて、ぼくが好《す》きなそういう顔《かお》の妖怪《ようかい》がいるっていう」

「へー、こんな顔《かお》の妖怪《ようかい》？」

いずなは黒《くろ》い前歯《まえば》を見《み》せて、にたりと笑《わら》った。

まことはかばんから妖怪図鑑《ようかいずかん》をとりだし、ページをひらくと、声《こえ》をあげて読《よ》みだした。

「妖怪《ようかい》〝おはぐろベッタリ〟。みにくいため、お嫁《よめ》にいけなかった女《おんな》たちのうらみが妖怪《ようかい》化《か》したもの……。恋《こい》する美《うつく》しい女《おんな》をねたみ、とりつくと、その女《おんな》になりかわって結婚《けっこん》をせまる」

「いずなさん、とりつかれないように、気《き》をつけてくださいね」

美樹《みき》がそういうと、いずなはにっこりと笑《わら》った。

「私《わたし》は大丈夫《だいじょうぶ》。恋《こい》はしてないし、しばらくするつもりもないから。そもそも、私《わたし》とつりあう男《おとこ》なんていないいっしょ、少《すく》なくともこの町《まち》には」

「ぬ〜べ〜は？」

すかさず、法子《のりこ》が聞《き》いた。

「無理《むり》！　まるで恋愛対象《れんあいたいしょう》じゃないね」

「玉藻先生《たまもせんせい》は？　超《ちょう》カッコイイよ」

美樹《みき》の言葉《ことば》に郷子《きょうこ》もうなずく。

「おにあいかも！　今度《こんど》つれてくる！」

「いいよ、いまは修行中《しゅぎょうちゅう》だから。恋愛感情《れんあいかんじょう》シャットアウトしてんの」

いずなはかたくなにいった。

「でも、電撃的《でんげきてき》な一目《ひとめ》ぼれとかしちゃったら？」

美樹《みき》はしつこく聞《き》く。

「ない！　かんぺきな霊能力《れいのうりょく》を身《み》につけるまでは、恋愛禁止《れんあいきんし》！」

「いずな、その言葉《ことば》、ウソじゃないいな」

和尚《おしょう》が横《よこ》から口《くち》をはさんだ。

「葉月《はづき》いずな、自分《じぶん》にウソはつかない！」

いずなはきっぱりとそう宣言《せんげん》した。


そのころ、放課後《ほうかご》の理科室《りかしつ》ではリツコとぬ～べ～が、ずっと二人《ふたり》きりで話《はなし》をしていた。

机《つくえ》のうえには、リツコが用意《ようい》していたボイスレコーダーやノートがおかれていた。

気《き》づくと、とっくに日《ひ》がくれている。

ぬ～べ～は、何時間《なんじかん》も、リツコからの妖怪《ようかい》や幽霊《ゆうれい》についての質問《しつもん》ぜめにあっていた。

「これまで妖怪《ようかい》を信《しん》じなかった私《わたし》のこと、内心《ないしん》、ニヤニヤ笑《わら》ってたんですか」

リツコが急《きゅう》にそんなことをいいだした。

「いいえ！　とんでもないです。いつかわかりあえたらとは思《おも》ってましたけど」

「もう、私《わたし》にウソはつかないでください」

「はい、すべて、正直《しょうじき》にお話《はな》しします」

「では、その左手《ひだりて》のこと、教《おし》えてください」

リツコは鬼《おに》の手《て》を指《ゆび》さした。

「あ、これですか……。ようやく説明《せつめい》する時《とき》がきたようですね。でも、どこから話《はな》せばいいのか……。そうだな……、むかし、バキという鬼《おに》と戦《たたか》いました」

「鬼《おに》？」

「とても凶暴《きょうぼう》な鬼《おに》でした。僕《ぼく》一人《ひとり》の力《ちから》ではまったくかなわなかった。その時《とき》、一緒《いっしょ》に戦《たたか》ってくれたのが、美奈子先生《みなこせんせい》です。霊能力者《れいのうりょくしゃ》であり、僕《ぼく》の恩師《おんし》です」

ぬ～べ～は遠《とお》くを見《み》るような目《め》をした。

リツコはだまって聞《き》いている。

「美奈子先生《みなこせんせい》は、僕《ぼく》を守《まも》るために、必死《ひっし》に戦《たたか》ってくれました。そして、最後《さいご》にはその命《いのち》をなげうって、この左手《ひだりて》にバキとみずからの体《からだ》とを一緒《いっしょ》に封印《ふういん》したんです」

リツコはぬ～べ～の左手《ひだりて》をじっと見《み》つめた。

「僕《ぼく》は、先生《せんせい》を守《まも》れなかった。だからそれ以来《いらい》、美奈子先生《みなこせんせい》の力《ちから》で得《え》たこの鬼《おに》の手《て》で、妖怪《ようかい》から生徒《せいと》たちを守《まも》るって誓《ちか》ったんです。この手《て》の中《なか》にいる、美奈子先生《みなこせんせい》と一緒《いっしょ》に、守《まも》っていこうと」

「リツコ先生《せんせい》……」

リツコは、そっと手《て》をのばして、鬼《おに》の手《て》に触《ふ》れた。

ぬ〜べ〜がまじまじとリツコの目《め》を見《み》ると、彼女《かのじょ》は手《て》をひっこめた。

「美奈子先生《みなこせんせい》って、どんな方《かた》だったんですか？」

「いつもやさしい笑顔《えがお》で、ちょっとだけ天然《てんねん》ボケのところもあって、それで……。少《すこ》し、リツコ先生《せんせい》に似《に》ているんです」

「え！　私《わたし》に？」

またもや二人《ふたり》は見《み》つめあい、あわてて同時《どうじ》に視線《しせん》をはずした。

リツコはとりつくろうようにたちあがると、急《きゅう》に真剣《しんけん》な顔《かお》をした。

「今日《きょう》はありがとうございました。あの、あくまで、いち化学教師《かがくきょうし》の研究対象《けんきゅうたいしょう》として、また、お話《はなし》を聞《き》かせてください」

さらりとそういったリツコだったが、その顔《かお》にやさしい微笑《ほほえ》みが残《のこ》っているのを見《み》て、ぬ〜べ〜の心臓《しんぞう》はどきどき高鳴《たかな》っていた。

アパートに戻《もど》ってからもぬ〜べ〜は、今日《きょう》のことを思《おも》いかえし、にやにやしていた。そこに、ゆきめがあらわれた。

「ダーリン、なんかうれしそうだね」

「ん？　そうかい？　むふふふ」

「さては……」

リツコのことを考《かんが》えていると感《かん》づいて、ギリギリと歯《は》ぎしりをするゆきめ。

ぬ〜べ〜がにやついている一方《いっぽう》、一人《ひとり》夜道《よみち》を歩《ある》くリツコも、ぬ〜べ〜のことをずっと考《かんが》えていた。

妖怪《ようかい》の話《はなし》をするぬ〜べ〜。以前《いぜん》は、ちゃらんぽらんな先生《せんせい》と思《おも》っていたが、彼《かれ》の秘密《ひみつ》を知《し》り、がらりとイメージが変《か》わってしまっていた。

人体模型《じんたいもけい》の魂《たましい》を成仏《じょうぶつ》させた時《とき》の、ぬ〜べ〜のりりしい姿《すがた》を思《おも》いだし、あわてて首《くび》を大《おお》きく横《よこ》にふる。

「ちがう、ちがう、ただの研究対象《けんきゅうたいしょう》……」

つぶやきながら歩《ある》いているリツコを、その背後《はいご》から誰《だれ》かが見《み》ていた。

「美《うつく》しい女《おんな》……ねたましや……」

女《おんな》はうらめしそうな声《こえ》をだす。

しかし、リツコは気《き》づかずに歩《ある》いていた。

「あな……ねたましや……恋《こい》の香《かお》り……その恋《こい》……うばってやろう」

リツコは、そこで何《なに》かのけはいを感《かん》じとり、ふりむいた。

そこにはきれいに日本髪《にほんがみ》をゆった着物姿《きものすがた》の女《おんな》がたっていた。

リツコがぎょっとすると、女《おんな》がにたりと笑《わら》った。

黒《くろ》くぬられた前歯《まえば》が、街灯《がいとう》にてらされる。

それは、妖怪《ようかい》〝おはぐろベッタリ〟だった。

「うっ！」

何《なに》かの衝撃《しょうげき》を胸《むね》に受《う》け、リツコはうめいた。

次《つぎ》の瞬間《しゅんかん》、妖怪《ようかい》は姿《すがた》を消《け》していた。

リツコの表情《ひょうじょう》は、何《なに》かにとりつかれたように、うつろになっていた。

翌朝《よくあさ》、ぬ〜べ〜がにやけた顔《かお》で職員室《しょくいんしつ》にはいると、教師《きょうし》たちが不思議《ふしぎ》そうに彼《かれ》を見《み》た。

「鵺野先生《ぬえのせんせい》、ごきげんですね」

教頭《きょうとう》が話《はな》しかける。

「ええ、朝《あさ》から学校《がっこう》にくるのが楽《たの》しみで」

「何《なに》か、いいことあったんですか？」

教頭《きょうとう》が聞《き》いた時《とき》、リツコが職員室《しょくいんしつ》にはいってきた。

リツコはまっしぐらに、ぬ〜べ〜めざして歩《ある》く。

「リツコ先生《せんせい》、おはようござ……」

ぬ〜べ〜があいさつしようとした時《とき》、リツコがいきなり抱《だ》きついてきた。

「わっ！　リ、リツコ先生《せんせい》？」

あわてて身《み》をふりほどこうとするが、リツコはぎゅっとハグしたままだ。

教師《きょうし》たち全員《ぜんいん》が、あ然《ぜん》としていた。

ぬ〜べ〜がなんとか体《からだ》をひきはなすと、彼女《かのじょ》はとろんとしたまなざしだった。

誰《だれ》がどう見《み》ても、恋《こい》をした乙女《おとめ》の目《め》つきだった。

「鵺野先生《ぬえのせんせい》、一晩《ひとばん》会《あ》えないだけで、こんなにさびしいなんて」

リツコがせつない顔《かお》をする。まわりの教師《きょうし》たちがざわついた。

「あ、あの、みんなが見《み》てますが……」

「私《わたし》はかまいませんけど」

「あや、じゃ、また帰《かえ》りにゆっくりと」

「はい！」

リツコはにっこり返事《へんじ》をすると、元気《げんき》に自分《じぶん》の席《せき》に戻《もど》っていった。


休《やす》み時間《じかん》、廊下《ろうか》にいた玉藻《たまも》のところへ、ぬ～べ～がスキップであらわれる。

「いやー、玉《たま》ちゃん。女心《おんなごころ》ってのはわからないもんだねえ！」

「私《わたし》は人間《にんげん》の心《こころ》がわからない。ましてや女心《おんなごころ》など、もっと理解《りかい》できません」

玉藻《たまも》は冷《つめ》たくつきはなした。

「え？　そうなの？　恋愛《れんあい》したことないの？」

「恋愛感情《れんあいかんじょう》とやらは、私《わたし》にはありません」

「うわあ、もったいねえ！　人《ひと》を好《す》きになると、力《ちから》がみなぎるんだ。玉《たま》ちゃんにたりないのは、それかもな。でさ、ちょっと相談《そうだん》なんだけど……」

「恋愛相談《れんあいそうだん》にはのりませんよ」

「いーから、いーから」

そういい、ぬ〜べ〜は玉藻《たまも》にヒソヒソと話《はな》しだした。


放課後《ほうかご》、ゆきめが電柱《でんちゅう》のかげにかくれ、校門《こうもん》のほうを見《み》ていた。

心配《しんぱい》になって、ぬ〜べ〜のようすを見《み》にきていたのだ。

「あっ、あの人《ひと》！　ぬ〜べ〜の恋人《こいびと》！」

そんなゆきめに下校中《げこうちゅう》の美樹《みき》はすぐに気《き》がついた。

美樹《みき》は以前《いぜん》、ぬ〜べ〜の後《あと》を追《お》いかけて、弁当《べんとう》を渡《わた》したゆきめのことを覚《おぼ》えていた。

「美樹《みき》が写真《しゃしん》とって、ツイートした人《ひと》だな」

広《ひろし》の一言《ひとこと》にまこと、克也《かつや》、郷子《きょうこ》もはっとした。

その時《とき》、ぬ〜べ〜とリツコ先生《せんせい》が仲《なか》よく校門《こうもん》からでてきた。まるで恋人同士《こいびとどうし》みたいに楽《たの》しそうに笑《わら》いながら、歩《ある》いている。

「やっぱり！」と声《こえ》をだすゆきめ。

「あの二人《ふたり》、今日《きょう》も一緒《いっしょ》に帰《かえ》るの？」

美樹《みき》がいうと、克也《かつや》が頭《あたま》をかいた。

「マジかよ！　信《しん》じられねえな」

「あんな美人《びじん》がいるのにね……」

まことがゆきめのほうを見《み》やってつぶやく。

「くぅーっ！」

ゆきめはくやしげに、自分《じぶん》の指《ゆび》をかんでいた。

ぬ〜べ〜とリツコのうしろ姿《すがた》を夢中《むちゅう》で追《お》っていたゆきめに、美樹《みき》たちが近《ちか》づいた。あわてて逃《に》げようとするゆきめを、美樹《みき》が呼《よ》びとめた。

「……ゆきめさん？」

「……なんでわかったの？」

「あ、いや、そのかっこうなんで」

サングラスと帽子《ぼうし》で顔《かお》をかくしていたゆきめだが、服《ふく》はいつもの丈《たけ》の短《みじか》い浴衣《ゆかた》のままだった。

「ねえ、あなた、ぬ〜べ〜の恋人《こいびと》でしょ？」

「……」ゆきめは警戒《けいかい》した。

「わたしたち、ぬ～べ～のクラスの生徒《せいと》」

郷子《きょうこ》が、安心《あんしん》してというように口《くち》をひらいた。

すると、ゆきめはみんなのところにそろそろと歩《あゆ》みよった。

「ダーリンが、私《わたし》のダーリンが……」

いまにも泣《な》きだしそうなゆきめを、ほかのクラスの生徒《せいと》たちが、じろじろと見《み》ていた。

「あの、ここじゃ目《め》だつんで、ちょっとどっかにいって話《はな》しませんか」

まことがいうと、ゆきめはとうとう泣《な》きだした。

「ダーリンが、ダーリンがあぁ！」

「ちょっといきましょ……」

郷子《きょうこ》がゆきめの手《て》をとり、みんなと一緒《いっしょ》に町《まち》へと歩《ある》いていった。

それといれちがいで、サングラス姿《すがた》で、やけに目《め》だついずながあらわれた。

いずなは、一人《ひとり》の男子生徒《だんしせいと》をつかまえる。

「ちょっといいかな、青少年《せいしょうねん》」

「な、なんでしょうか」

純朴《じゅんぼく》そうな生徒《せいと》は、美人《びじん》に声《こえ》をかけられ、顔《かお》を赤《あか》くした。

「玉藻《たまも》先生《せんせい》ってのは、どいつだ？」

「はい、えーと……」

生徒《せいと》はあたりを見《み》まわした。

「まあ、見《み》たところで、べつに私《わたし》の心《こころ》が動《うご》くわけないんだけどさ……」

いずなは一人言《ひとりごと》をつぶやく。

「あっ、あそこ！」

生徒《せいと》は校門《こうもん》の中《なか》を指《ゆび》さした。

さっそうと玉藻《たまも》が歩《ある》いている。

「どれだよ。まあ誰《だれ》だろうと、この私《わたし》が一目《ひとめ》ぼれなんか……。うわっ！」

いずなはあわててサングラスをはずす。

「したーーーっ！　私《わたし》、自分《じぶん》にウソついてたーーーっ！」

ハートマークになったいずなの目《め》は、玉藻《たまも》にくぎづけになった。

生徒《せいと》たちがよくいく喫茶店《きっさてん》にはいり、席《せき》につくと、ゆきめはさめざめと泣《な》きはじめた。

「ぬ〜べ〜もひどいよなあ、こんなきれいな人《ひと》がいながら」

広《ひろし》がいうと、ゆきめは顔《かお》をあげ、泣《な》きはらした目《め》をこすった。

「わたし、あの人《ひと》のフィアンセなんです……。といっても、まあ、私《わたし》が勝手《かって》にいってるだけなんですけど……」

それから、ゆきめは自分《じぶん》とぬ～べ～との関係《かんけい》を話《はな》しはじめ、自分《じぶん》が妖怪《ようかい》であることも正直《しょうじき》に告白《こくはく》した。

「ゆ、ゆきおんな……」

まことはじっとゆきめを見《み》つめた。

「ぬ～べ～とは両想《りょうおも》いなんですよね？」

郷子《きょうこ》がたずねる。

「はい……。まあ、一度《ど》も好《す》きといわれたことはないですけど」

「じゃあ、ぬ～べ～はゆきめさんのこと、なんていってるんです？」

「妖怪《ようかい》としては、きらいじゃないって」

「それは、好《す》きってことでいいのか？」

克也《かつや》が首《くび》をかしげた。

その時《とき》、まことがとつぜん、テーブルをバンとたたいた。

「ぼくは、たとえ妖怪《ようかい》でも、ゆきめさんが好《す》きです！」

みんな、ぽかんとしてまことを見《み》ている。

「どうした、まこと。おまえ、気《き》が多《おお》いな」

広《ひろし》がいうと、まことは真《ま》っ赤《か》な顔《かお》で否定《ひてい》した。

「あ、いや、そういうアレじゃなくて……」

「まこと君《くん》て、おねえさんが好《す》きなんだね」

法子《のりこ》がぽつりといった。

「ゆきめさん、私《わたし》たち応援《おうえん》する。恋愛《れんあい》の鉄則《てっそく》『押《お》してダメなら押《お》しまくれ！』」

美樹《みき》がそういうと、郷子《きょうこ》が吹《ふ》きだした。

「美樹《みき》、それって、なんか、ちがわない？」

ゆきめは涙《なみだ》をぬぐって、みんなを見《み》る。

そして、しみじみといった。

「ダーリンは、いい生徒《せいと》さんにかこまれてるんですね」

「これが、ぬ〜べ〜クラスなんです」

法子《のりこ》がいい、みんなはてれくさそうに顔《かお》を見《み》あわせて微笑《ほほえ》んだ。

そのころ、ぬ〜べ〜とリツコは、仲《なか》よくならんで歩《ある》いて帰《かえ》っていた。

「あっ、こんな時間《じかん》。じゃあ、鵺野先生《ぬえのせんせい》、また明日《あした》」

リツコが腕時計《うでどけい》を見《み》てそういった。

「はい。でも、もう、ぬ〜べ〜って呼《よ》んでください」

「じゃあ、ぬ〜べ〜、また明日《あした》！」

笑《わら》いながらリツコが手《て》をふる。

ぬ〜べ〜はスキップしながら、その場《ば》を後《あと》にした。

彼《かれ》のうしろ姿《すがた》を見送《みおく》っていたリツコは、にたっと笑《わら》う。

その口元《くちもと》は、〝おはぐろベッタリ〟になっていた。

スキップしていたぬ〜べ〜は、角《かど》をまがると、ふとたちどまった。

「大丈夫《だいじょうぶ》。きっとうまくいく！」

そう自分《じぶん》にいいきかせ、アパートへとむかった。

部屋《へや》の前《まえ》にまことがたっているのに気《き》づき、ぬ〜べ〜は首《くび》をかしげた。

「どうした、まこと。俺《おれ》のこと、待《ま》ってたのか？　いやあ、リツコ先生《せんせい》と話《はな》しこんじゃってさー、すまんすまん」

ぬ〜べ〜が軽《かる》い調子《ちょうし》であやまると、まことは思《おも》いつめた顔《かお》をしていた。

「ぬ〜べ〜は、リツコ先生《せんせい》のこと、どう思《おも》ってんの？」

「どうって、そりゃおまえ、あんなすてきな女性《じょせい》をきらいな男《おとこ》はいないだろう。実《じつ》は明日《あした》もデートの約束《やくそく》しちゃってさー」

「ゆきめさんのことは、どう思《おも》ってんの？　ちゃんといってあげなきゃ、ゆきめさんがかわいそうだよ！」

まことはそういいはなつと、走《はし》りさっていった。

「まこと……」

ぬ〜べ〜は、しばらくその場《ば》にたたずんでいた。

部屋《へや》のカギをとりだしたが、いつまでも開《あ》けなかった。

「やっぱり、ウソはつけない」

そうつぶやくと、となりのゆきめの部屋《へや》をノックした。

しばらくたって、やっとドアがひらく。

白《しろ》い冷気《れいき》がただよい、ゆきめが顔《かお》をだした。

その顔《かお》には、涙《なみだ》のあとがあった。

「ダーリン……」

「ゆきめ、話《はなし》がある」

ぬ～べ～はゆきめの部屋《へや》にあがりこんだ。

二人《ふたり》、正座《せいざ》してむかいあうが、しばし沈黙《ちんもく》が流《なが》れた。

ぬ～べ～は覚悟《かくご》をきめた顔《かお》で、話《はな》しだす。その表情《ひょうじょう》は、真剣《しんけん》そのものだった。

ひととおり話《はなし》を聞《き》いたゆきめは、おどろきと悲《かな》しみがまじった表情《ひょうじょう》をしていた。何《なに》もしゃべらず、じっと手元《てもと》を見《み》つめている。

ぬ～べ～は、頭《あたま》をさげた。

すると、ゆきめもさびしげにうなずいた。


翌日《よくじつ》、ぬ～べ～とリツコは駅前《えきまえ》で待《ま》ちあわせをしていた。

「ぬ～べ～！　こっち！」

リツコが手《て》をふって、ぬ～べ～をむかえる。それを見《み》て、ぬ～べ～はかけよった。

「リツコ先生《せんせい》、お待《ま》たせしました！」

リツコはぬ〜べ〜と腕《うで》をくみ、駅《えき》の階段《かいだん》をのぼりはじめた。

そのうしろから、探偵風《たんていふう》のサングラスにハンチング帽《ぼう》のまこと、広《ひろし》、克也《かつや》、郷子《きょうこ》、美樹《みき》、法子《のりこ》、少《すこ》しおくれてゆきめがついていく。

みんなで二人《ふたり》を尾行《びこう》しているのだ。

さらに、その背後《はいご》には、別《べつ》の集団《しゅうだん》もいた。晶《あきら》、秀一《しゅういち》、愛《あい》、静《しずか》たちだった。

御曹司《おんぞうし》である秀一《しゅういち》は、高《たか》そうなカメラを手《て》にしていた。

彼《かれ》らも、ぬ〜べ〜とリツコがつきあっているといううわさを聞《き》きつけ、ようすをさぐりにきていたのである。

克也《かつや》がそれに気《き》づき、たちどまって声《こえ》をあげる。

「げっ、おまえらもきたのか！」

「早《はや》くしないと、見失《みうしな》う」

美樹《みき》が克也《かつや》の背中《せなか》を押《お》した。

「やっぱ、つりあわないよね、あの二人《ふたり》」

ぬ〜べ〜とリツコが歩《ある》くうしろ姿《すがた》を見《み》て、郷子《きょうこ》がいう。

その時《とき》、まことはゆきめのほうをふりかえって見《み》た。

うかない表情《ひょうじょう》のまま、足《あし》をとめている。

「ゆきめさん、いきましょう」

法子《のりこ》が声《こえ》をかけ、ようやくゆきめは歩《ある》きはじめた。

ぬ～べ～とリツコは電車《でんしゃ》にのり、町外《まちはず》れにある遊園地《ゆうえんち》へとむかっていった。

生徒《せいと》たちはそのうしろをこそこそとつけていく。

まったく気《き》づかれていないようだった。

遊園地《ゆうえんち》に着《つ》くと、二人《ふたり》はおばけ屋敷《やしき》にはいったり、楽《たの》しそうにジェットコースターにのったり、観覧車《かんらんしゃ》にのったりしていた。

ずっと笑《わら》いながら、デートを満喫《まんきつ》している。

一方《いっぽう》、生徒《せいと》たちはもうくたくたである。

そして、ゆきめはひたすら悲《かな》しい顔《かお》で、ぬ～べ～を見《み》つめていた。

観覧車《かんらんしゃ》からおりたぬ～べ～は、リツコと手《て》をつなぎ、歩《ある》きはじめた。

「では、そろそろいきましょうか」

やけに真剣《しんけん》な顔《かお》でいうぬ～べ～に、リツコはこくりとうなずいた。

その時《とき》、一瞬《いっしゅん》、リツコはにたりと笑《わら》った。

その顔《かお》は〝おはぐろベッタリ〟になっていた。

ぬ〜べ〜たちは町《まち》に戻《もど》ると、童守寺《どうもりじ》へとむかった。

手《て》をつないで、本堂《ほんどう》につづく階段《かいだん》をのぼる二人《ふたり》のうしろから、生徒《せいと》たちも後《あと》をつけた。

「なんで、お寺《てら》なんだ？」

広《ひろし》が不思議《ふしぎ》な顔《かお》をする。

ゆきめだけはますます暗《くら》い顔《かお》になっていた。

ぬ〜べ〜たちが本堂《ほんどう》の前《まえ》にたつ。

すると、正装《せいそう》した和尚《おしょう》が中《なか》から登場《とうじょう》した。

「和尚《おしょう》、よろしく頼《たの》む」

ぬ〜べ〜がそういうと、さらに玉藻《たまも》といずなもあらわれた。

いずなは、うっとりと玉藻《たまも》を見《み》ている。

「見《み》とどけ人《にん》は、玉藻先生《たまもせんせい》におねがいしました」

リツコにむかってぬ〜べ〜がいう。

その時《とき》、玉藻《たまも》が二人《ふたり》に対《たい》してこういった。

「おめでとうございます」

本堂《ほんどう》の中《なか》にはいったぬ〜べ〜たちは、さらに奥《おく》の部屋《へや》へとはいっていく。

「なんだ？　何《なに》しようってんだ？」

木《き》のかげからそのようすを見《み》ていた広《ひろし》がつぶやく。

「なんなの？　玉藻《たまも》先生《せんせい》までいるし」

美樹《みき》がそういった時《とき》、まことがはっとした。

「もしかして……、もしかしてだけど……。あの二人《ふたり》、まさか……」

まことがいうと、ゆきめが悲《かな》しそうな顔《かお》をした。


しばらくすると、奥《おく》の部屋《へや》の戸《と》がひらき、ぬ〜べ〜とリツコが本堂《ほんどう》にあらわれた。

リツコは白《しろ》い綿帽子《わたぼうし》をかぶった花嫁衣装《はなよめいしょう》で、ぬ〜べ〜もハカマ姿《すがた》だった。

「えー、では、これより、鵺野鳴介《ぬえのめいすけ》と高橋《たかはし》リツコの結婚式《けっこんしき》をはじめる」

和尚《おしょう》がおごそかにいった。

「け、結婚式《けっこんしき》ぃ！」

広《ひろし》たちはおどろいた。

「やっぱり……」

まことがつぶやくと、美樹《みき》が大声《おおごえ》をだした。

「おかしい！　やっぱりなんかおかしいよ！」

「ぬ〜べ〜もリツコ先生《せんせい》もどうかしてる、とめよう！」

郷子《きょうこ》がいい、広《ひろし》も叫《さけ》ぶ。

「よし、みんなでとめにいくぞ！」

「待《ま》って！」

それまで、ずっとうつむいていたゆきめが顔《かお》をあげ、広《ひろし》をとめた。

「どうして？」

「実《じつ》は、私《わたし》、知《し》ってたの……」

ゆきめはぽつりといった。

「二人《ふたり》が、結婚《けっこん》するってこと？」

法子《のりこ》が聞《き》くと、ゆきめはうなずいた。

「ゆきめさん、いいんですか？　このままで！」

まことがいった。

「よくないよ。よくないけど、ダーリンの好《す》きにさせてあげて」

「ゆきめさん……」

その時《とき》、祝《いわ》いのお経《きょう》を読《よ》む和尚《おしょう》の声《こえ》がひびきはじめた。

「はじまった……」

ゆきめはくちびるをかんだ。

やがて、お経《きょう》が終《お》わり、さかずきの儀式《ぎしき》となる。

「もう、間《ま》にあわないよ、ゆきめさん」

まことがいうと、ゆきめはぶるぶるとこきざみにふるえだした。

「ダーリンの好《す》きにさせてあげるってきめたから。がまんするって、約束《やくそく》したから……」

「ゆきめさん！」

郷子《きょうこ》がゆきめの顔《かお》をじっと見《み》た。

「でも……でも……やっぱりがまんできないっ！」

ゆきめが本堂《ほんどう》にむかって走《はし》りだした。

それを見《み》て、みんなは目《め》をかがやかせた。

「ゆきめさんっ！」

まことがうれしそうに彼女《かのじょ》の名《な》を呼《よ》び、みんなで追《お》いかけていった。

ゆきめは本堂《ほんどう》にかけこんだ。

「ダーリン！　やっぱりこんなのイヤ――――っ！」

ゆきめの姿《すがた》を見《み》ると、ぬ〜べ〜は目《め》をまるくした。

「ゆ、ゆきめっ！　おまえっ！」

「私《わたし》のダーリンからはなれて！」

ゆきめは花嫁姿《はなよめすがた》のリツコにむかって手《て》のひらをかざし、そこから吹雪《ふぶき》を吹《ふ》きだした。

「雪女《ゆきおんな》かっ？　まずいっ！」

玉藻《たまも》がきびしい顔《かお》をした。

「やめろ、ゆきめっ！」

ぬ〜べ〜が叫《さけ》んでも、ゆきめは吹雪《ふぶき》をやめない。

強《つよ》い冷気《れいき》がリツコの綿帽子《わたぼうし》を吹《ふ》きとばす。

すると、そこにあらわれた顔《かお》は、〝おはぐろベッタリ〟だった。

「あなくちおしや〜っ！」

黒《くろ》い前歯《まえば》を見《み》せ、怒《おこ》った表情《ひょうじょう》でゆきめをにらみつける。

それを見《み》ていた生徒《せいと》たちは、悲鳴《ひめい》をあげた。

「リ、リツコ先生《せんせい》が、妖怪《ようかい》っ！」

リツコのおもかげがまったくなくなった〝おはぐろベッタリ〟が、今度《こんど》はぬ～べ～をぎろりと見《み》た。

ぶるぶると身《み》を震《ふる》わして、暴《あば》れだそうとしていた。

「お嬢《じょう》さん、お逃《に》げなさい」

玉藻《たまも》がいずなをかばい、逃《に》がそうとする。

一瞬《いっしゅん》、うっとりとした顔《かお》で玉藻《たまも》を見《み》て、いずなは逃《に》げだした。

「ゆきめ！　もう少《すこ》しで除霊《じょれい》できたのに。昨日説明《きのうせつめい》しただろ！　こいつはウソでも結婚《けっこん》してやらねば、成仏《じょうぶつ》できんのだ！」

ぬ～べ～は大声《おおごえ》をだした。

「ごめん！　わかってたけど、とてもたえられなかった！」

ゆきめがすまなそうな顔《かお》をすると、〝おはぐろベッタリ〟は大口《おおぐち》を開《あ》けた。

「ウソ？　ウソ！　またウソをつかれた！」

「すまん、俺《おれ》はおまえのことを思《おも》って」

ぬ〜べ〜が、妖怪《ようかい》にむかってあやまる。

妖怪《ようかい》はぬ〜べ〜におそいかかった。

やみくもな攻撃《こうげき》で、ぬ〜べ〜はするりとかわす。

「ヌバァ———ッ」

「ダーリン！」

ゆきめが悲鳴《ひめい》まじりに叫《さけ》ぶと、玉藻《たまも》も声《こえ》をはりあげた。

「鵺野先生《ぬえのせんせい》、早《はや》くしないと、リツコ先生《せんせい》の体《からだ》がもちません！」

ぬ〜べ〜は、左手《ひだりて》の手袋《てぶくろ》をとる。

「光明遍照《こうみょうへんじょう》　現威神力《げんいじんりき》　魔界鬼界《まかいきかい》　降伏怨念《こうふくおんねん》　不思議力《ふしぎりき》　悪霊退散《あくりょうたいさん》！」

「だますなら最後《さいご》までだましてほしかったっ！　ヌバ———ッ！」

〝おはぐろベッタリ〟は、ヒステリックに暴《あば》れ、泣《な》き声《ごえ》のような叫《さけ》びをあげた。

すると、ぬ〜べ〜は呪文《じゅもん》をやめて、じっと妖怪《ようかい》の姿《すがた》を見《み》る。

「鵺野先生《ぬえのせんせい》、何《なに》を手間《てま》どってるんですか！　こんな三流妖怪《さんりゅうようかい》、この私《わたし》が！」

玉藻《たまも》をさえぎるようにして、ぬ〜べ〜は首《くび》を横《よこ》にふった。

「お、俺《おれ》にはできない。こんな悲《かな》しいあわれな妖怪《ようかい》を……」

「あなた、まさか本気《ほんき》でアイツを？」

玉藻《たまも》が声《こえ》をあげた時《とき》、〝おはぐろベッタリ〟はふたたびぬ～べ～におそいかかった。

しかし、ぬ～べ～はその体《からだ》を抱《だ》きしめるように受《う》けとめた。

「わかった！　おまえは俺《おれ》がめとってやる！　一生愛《いっしょうあい》しつづけてやろう！」

「ダーリン！」

ゆきめが大声《おおごえ》をだした。

「俺《おれ》の命《いのち》がほしければくれてやる。あの世《よ》で結婚《けっこん》しよう」

ぬ～べ～のその言葉《ことば》に、妖怪《ようかい》の力《ちから》が弱《よわ》まった。

「だから、リツコ先生《せんせい》からはなれてくれ。俺《おれ》の大切《たいせつ》な人《ひと》をまきこまないでくれ。俺《おれ》はもう、誰《だれ》も失《うしな》いたくない。だからこの人《ひと》は……」

本堂《ほんどう》の階段《かいだん》のしたから見《み》ていた生徒《せいと》たちは、ぬ～べ～のその言葉《ことば》に圧倒《あっとう》されていた。

「俺《おれ》みたいなつまらん男《おとこ》でいいなら、俺《おれ》の愛《あい》を受《う》けとめてくれ！」

ぬ～べ～の鬼《おに》の手《て》が、妖怪《ようかい》の背中《せなか》を強《つよ》く抱《だ》きしめる。

胸《むね》の中《なか》の〝おはぐろベッタリ〟は、涙《なみだ》をこぼした。

すると、だんだんリツコの顔《かお》へと戻《もど》りはじめる。

やがて、〝おはぐろベッタリ〟は成仏《じょうぶつ》した。

ぬ～べ～の胸《むね》に抱《だ》かれたリツコの頬《ほお》を、涙《なみだ》がつたう。

玉藻《たまも》がゆっくりとぬ～べ～に近《ちか》づいた。

「鵺野《ぬえの》先生《せんせい》、もう成仏《じょうぶつ》しました」

ぬ～べ～はあわててリツコの顔《かお》をのぞきこむ。

リツコはうつろな表情《ひょうじょう》で、ぬ～べ～を見《み》ていた。

「だ、大丈夫《だいじょうぶ》ですか、リツコ先生《せんせい》」

リツコは、うっとりとぬ～べ～を見《み》あげた。

「本当《ほんとう》に、私《わたし》のこと、一生愛《いっしょうあい》してくれますか？」

リツコのその一言《ひとこと》に、ぬ～べ～はあわてて飛《と》びさがった。

「何《なに》っ！　まだ成仏《じょうぶつ》してないのか！」と左手《ひだりて》をかまえる。

すると、玉藻《たまも》がバシっと鬼《おに》の手《て》をつかんだ。

「あなたは、私《わたし》より女心《おんなごころ》がわかっていないようですね」

「ん？　何《なに》が？　え？　リツコ先生《せんせい》、だっていま……」

「……私《わたし》は、何《なに》もいってませんけど」

リツコは小声《こごえ》でそういって、数歩《すうほ》うしろにさがった。

その時《とき》、ゆきめがリツコの元《もと》へと歩《あゆ》みよる。

「はじめまして、リツコ先生《せんせい》」

「あなたは？」

「鵺野鳴介《ぬえのめいすけ》のフィアンセの、ゆきめです」

「フィアンセ？」

リツコが聞《き》くと、ゆきめはうなずいた。

それを見《み》て、リツコはぬ〜べ〜に視線《しせん》を移《うつ》した。

ぬ〜べ〜は玉藻《たまも》と話《はなし》をしている。

「鵺野先生《ぬえのせんせい》、〝おはぐろベッタリ〟を成仏《じょうぶつ》させた言葉《ことば》、みごとなウソでしたね」

「うーん、それがウソでもないんだよな」

「え？」

「いきおいでいった。あん時《とき》は本気《ほんき》でそう思《おも》ってたから、ウソじゃないだろ？」

「ますます、あなたという人《ひと》がわからなくなった」

「俺《おれ》は、そういう男《おとこ》だ！」

ぬ〜べ〜はそういった。


生徒《せいと》たちが本堂《ほんどう》にあがってきて、ぬ〜べ〜とリツコをとりかこんだ。

「全部《ぜんぶ》、ウソだったってこと？　全部《ぜんぶ》お芝居《しばい》だったってことかあ」

郷子《きょうこ》がにこやかにいうと、美樹《みき》も笑《わら》っていた。

「おかしいと思《おも》った！　妖怪《ようかい》にとりつかれてなきゃ、リツコ先生《せんせい》がぬ〜べ〜を好《す》きになるわけないもんね。あははっ」

「まあ、それはそうね」

リツコも笑《え》みをうかべてそういう。

「そんなハッキリいわなくても」

ぬ〜べ〜は残念《ざんねん》そうな顔《かお》をした。

「でも、ぼくたちには、本当《ほんとう》のことをいってほしかったな」

まことは少《すこ》し不満《ふまん》そうだった。

「〝おはぐろベッタリ〟をかんぺきに最後《さいご》までだますには、おまえたちにもウソをつかなきゃと思《おも》ったんだが、やっぱりウソはにがてだ」

「ぬ〜べ〜はすぐ顔《かお》にでるから、無理《むり》だよ」

法子《のりこ》がいうと、生徒《せいと》たちみんなが大《おお》きくうなずいた。

リツコはじっとぬ〜べ〜を見《み》ている。そして、やわらかく微笑《ほほえ》んだ。

その笑顔《えがお》を、さらにゆきめが見《み》ていた。

「あの人《ひと》……」

ゆきめは、なんとなくリツコの思《おも》いを感《かん》じているようだった。

ぬ〜べ〜は、そんな二人《ふたり》にはまったく気《き》づかず、豪快《ごうかい》に笑《わら》いだした。

「だははは！」

その笑《わら》い声《ごえ》が、夕《ゆう》やけの空《そら》にひびきわたった。

第《だい》七《なな》怪《かい》
妖《よう》怪《かい》、怪《かい》人《じん》赤《あか》マントの巻《まき》

夜道《よみち》を一人《ひとり》歩《ある》くぬ〜べ〜は、誰《だれ》かの視線《しせん》を感《かん》じて、はっとした。

道路《どうろ》のすみに、ぶきみな仮面《かめん》をかぶった占《うらな》い師《し》が座《すわ》っている。

その男《おとこ》はぬ〜べ〜にむかって唐突《とうとつ》に聞《き》いた。

「青《あお》が好《す》き？　白《しろ》が好《す》き？　赤《あか》が好《す》き？」

見《み》ると、テーブルのうえには三枚《まい》のカードが伏《ふ》せてならべられている。

青《あお》と白《しろ》と赤《あか》のカードだ。

ぬ〜べ〜が持《も》っているものと同《おな》じような水晶玉《すいしょうだま》も、そこにおいてあった。

「とつぜんなんだよ。どれかえらべばいいのか？　じゃあ『赤《あか》』が好《す》き！」

ぬ〜べ〜は赤《あか》いカードを指《ゆび》さした。

仮面《かめん》の男《おとこ》はじっとそのカードを見《み》つめている。

ぬ〜べ〜は息《いき》をのんで、男《おとこ》の次《つぎ》の言葉《ことば》を待《ま》った。

しかし、男《おとこ》はいつまでも口《くち》を閉《と》ざしていた。

「なんだよ、俺《おれ》をからかってるのか？　もう、完全《かんぜん》に時間《じかん》のむだだった！」

吐《は》きすてるようにいうと、ぬ〜べ〜はたちさった。

そのうしろ姿《すがた》を見《み》やり、男《おとこ》は赤《あか》いカードをめくる。

それはタロットカードだった。

『審判《しんぱん》』と呼《よ》ばれるカードで、大鎌《おおがま》を持《も》った仮面《かめん》の男《おとこ》がえがかれている。

「赤《あか》をえらんだあなたは……血《ち》まみれにされて殺《ころ》される……」

男《おとこ》がつぶやくと、水晶《すいしょう》に、ぬ〜べ〜の姿《すがた》がうつしだされた。


その夜《よる》、ぬ〜べ〜は夢《ゆめ》を見《み》た。

うすぐらい廊下《ろうか》を、一人《ひとり》フラフラと歩《ある》いている。

前《まえ》もうしろも、暗闇《くらやみ》がひろがっていて、自分《じぶん》がどこにむかっているかもわからない。

その時《とき》、目《め》の前《まえ》に、仮面《かめん》をかぶった赤《あか》いマントの男《おとこ》があらわれた。

「お、おまえ！　あの時《とき》の！」

ぬ〜べ〜がおどろくと、仮面《かめん》の男《おとこ》は口《くち》をひらいた。

「私《わたし》は夢《ゆめ》の支配人《しはいにん》、〝怪人赤《かいじんあか》マント〟。またの名《な》を『A《エー》』という」

きょとんとするぬ〜べ〜にむかって、男《おとこ》はさらにこういった。

「審判《しんぱん》の時間《じかん》です」

それは胸《むね》をつきさすような、するどい口調《くちょう》だった。

すると、そこにゆきめがあらわれた。

ぶきみな笑顔《えがお》で、ぬ〜べ〜を見《み》ている。

「ゆ、ゆきめ！」

朝《あさ》、童守高校《どうもりこうこう》の職員室《しょくいんしつ》では、いつまでたっても姿《すがた》を見《み》せないぬ〜べ〜の席《せき》を見《み》て、先生《せんせい》たちが不安《ふあん》な顔《かお》をしていた。

「連絡《れんらく》はとれましたか？」

リツコが心配《しんぱい》そうに教頭《きょうとう》に聞《き》く。

「いえ、いまも電話《でんわ》をかけているんですが」

教頭《きょうとう》の視線《しせん》のさきには、音楽科《おんがくか》の喜屋武先生《きゃんせんせい》が携帯《けいたい》を手《て》にしてたっていた。

「ずっと呼《よ》びだし音《おん》は鳴《な》ってるんですけど……」

そう答《こた》える彼女《かのじょ》を見《み》て、リツコは悲《かな》しげな目《め》をした。

「何《なに》かトラブルにでもまきこまれたんじゃないでしょうか」

それを聞《き》いた教頭《きょうとう》は、けわしい顔《かお》をする。

「とにかく電話《でんわ》をかけつづけましょう」

はいといい、喜屋武先生《きゃんせんせい》はまた電話《でんわ》をかけなおした。

玉藻《たまも》は少《すこ》しはなれたところから、そのやりとりを見《み》ていた。


一方《いっぽう》、ぬ～べ～のアパートでは、いつまでも目《め》を覚《さ》まさないぬ～べ～をゆきめが心配《しんぱい》していた。

「もうっ！　ダーリンおきて！　どうしたの？　学校《がっこう》いかないと！」

耳元《みみもと》で叫《さけ》ぶが、おきるけはいはない。

うなされているようで、息《いき》づかいが荒《あら》く、あぶら汗《あせ》をかいている。

「ねえ！　ダーリンっ！」

ゆきめは体《からだ》を揺《ゆ》すったが、ぬ～べ～はそれでも夢《ゆめ》の中《なか》にいた。

ぬ〜べ〜の目《め》の前《まえ》に、ゆきめと、謎《なぞ》の〝怪人赤《かいじんあか》マント〟がたっている。

「さあ、審判《しんぱん》の時間《じかん》です……ジャッジメント！」

赤《あか》マントがそういうと、邪悪《じゃあく》な笑顔《えがお》のゆきめが口《くち》をひらく。

「あなたは、広《ひろ》い海《うみ》の真《ま》ん中《なか》で、小《ちい》さな舟《ふね》にのっている」

「え？」

ぬ〜べ〜は意味《いみ》がわからず、ぽかんとした。

かまわず、ゆきめはつづける。

「あなたの目《め》の前《まえ》で、私《わたし》とリツコ先生《せんせい》がおぼれている。小舟《こぶね》にのれるのはあと一人《ひとり》。どっちをたすける？」

返事《へんじ》に困《こま》っていると、赤《あか》マントが同《おな》じことをたずねた。

「リツコ先生《せんせい》とゆきめ、あなたはどっちをえらぶ？」

それを聞《き》き、ぬ〜べ〜は顔《かお》をしかめた。

「おまえと遊《あそ》んでいるひまはない。悪《わる》いが、力《ちから》ずくでいかせてもらうぞ！」

左手《ひだりて》の手袋《てぶくろ》に手《て》をかけると、いつもの強制成仏《きょうせいじょうぶつ》の呪文《じゅもん》をとなえる。

「わが左手《ひだりて》に宿《やど》りし鬼《おに》よ、いま、その封印《ふういん》を……」

その瞬間《しゅんかん》、赤《あか》マントの目《め》が光《ひか》った。

ぬ～べ～の左手《ひだりて》がぶきみな光《ひかり》につつまれ、なんと、ネコの手《て》になってしまった。

「ぐっ！　こ、これは……」

ぬ～べ～はネコの手《て》を不思議《ふしぎ》そうに見《み》つめた。

「この夢《ゆめ》の世界《せかい》は、私《わたし》が支配《しはい》している。左手《ひだりて》の力《ちから》は封印《ふういん》させていただきます」

赤《あか》マントが静《しず》かに告《つ》げた。

「お、俺《おれ》の左手《ひだりて》に何《なに》をした！」

「ここでは、あなたはただ選択《せんたく》するしかないのです。さあ、えらんでください」

赤《あか》マントの言葉《ことば》につづくように、ゆきめが答《こた》えをせまる。

「私《わたし》とリツコ先生《せんせい》。どっちをたすける？」

「そ、そんなの、えらべるわけないだろ！」

ぬ～べ～が声《こえ》を荒《あら》げると、ゆきめは悲《かな》しげな目《め》をした。

「それは残念《ざんねん》……」

すると、ゆきめの手《て》に大《おお》きな鎌《かま》があらわれる。

その大鎌《おおがま》をゆきめはふりあげた。

「や、やめろ！」

ゆきめは、なんのためらいもなく、鎌《かま》をふりおろした。

「うわあああっ！」

ぬ～べ～の胸元《むなもと》に、にぶく光《ひか》る鎌《かま》の刃《は》がつきささった。

その時《とき》、部屋《へや》で眠《ねむ》っていたぬ～べ～にも異変《いへん》があった。

とつぜん、体《からだ》がビクッとのたうち、大《おお》きな叫《さけ》び声《ごえ》をあげだした。

ゆきめがおどろいて、ぬ～べ～を注意深《ちゅういぶか》く見《み》まわす。

胸《むね》に大《おお》きな一直線《いっちょくせん》の傷《きず》ができて血《ち》が流《なが》れているのに気《き》づき、悲鳴《ひめい》をあげた。

「きゃあああっ！　ダーリン！」

夢《ゆめ》の中《なか》で、ぬ～べ～は胸《むね》の傷《きず》をおさえていた。

服《ふく》がさけ、ざっくりとななめに傷《きず》がはいっている。

「夢《ゆめ》と現実《げんじつ》は表裏《ひょうり》いったい。夢《ゆめ》の中《なか》の傷《きず》は、現実《げんじつ》のあなたの体《からだ》にもあらわれる」

「な、なんだと！」

「赤《あか》をえらんだあなたは、血《ち》まみれにされて殺《ころ》される……」

赤《あか》マントはそう告《つ》げた。

くらっとめまいがし、気《き》づくとぬ～べ～はひとけのない職員室《しょくいんしつ》にいた。

「ここは？　まだ夢《ゆめ》の中《なか》か……」

「審判《しんぱん》の時間《じかん》です」

ふたたび赤《あか》マントがあらわれて、そういった。

今度《こんど》は、リツコが姿《すがた》を見《み》せる。

「リツコ先生《せんせい》……」

さっきの邪悪《じゃあく》なゆきめと同《おな》じく、リツコはぶきみな笑顔《えがお》をぬ～べ～にむけていた。

そのころ、現実《げんじつ》の世界《せかい》の中《なか》で、童守高校《どうもりこうこう》二年《ねん》三組《くみ》の教室《きょうしつ》は、大騒《おおさわ》ぎになっていた。なんの連絡《れんらく》もなく、ぬ～べ～が学校《がっこう》を休《やす》んだからだ。

生徒《せいと》たちが騒《さわ》ぐ中《なか》、リツコが教室《きょうしつ》にはいってきた。

「はい、みんな静《しず》かにして！」

「今日《きょう》、ぬ～べ～はどうしたんですか？」

広《ひろし》が聞《き》くと、リツコは困《こま》った顔《かお》をした。

「うん……、その……、連絡《れんらく》はしてるんだけどね」

「まさかの登校拒否《とうこうきょひ》！」

克也《かつや》が大声《おおごえ》をだす。

またもや騒《さわ》ぎはじめる生徒《せいと》たちを、リツコは無言《むごん》で見《み》つめた。その顔《かお》は、不安《ふあん》でいっぱいの表情《ひょうじょう》だった。

それを見《み》て、美樹《みき》がにやっとする。

「あれー、もしかしてリツコ先生《せんせい》、ぬ～べ～のこと、けっこう気《き》になっちゃってる感《かん》じですか？」

「そ、そんな……」

リツコはあきらかに動揺《どうよう》していた。

その姿《すがた》を見《み》て、生徒《せいと》たちは笑《わら》いだした。

「ホ、ホームルーム終《お》わり！　気《き》をつけて帰《かえ》りなさい」

なんとかそういうと、リツコはすぐにたちさっていた。

放課後《ほうかご》も、その話題《わだい》でもちきりだった。

「リツコ先生《せんせい》、ちょっとからかっただけなのにね」

帰《かえ》り支度《じたく》をしながら美樹《みき》がいうと、克也《かつや》がにたにたとした。

「わかりやすいよなあ」

すると、まことが心配《しんぱい》そうな声《こえ》をだす。

「ねえ、みんなでぬ〜べ〜のアパートにようすを見《み》にいかない？」

「え？　一日《にち》こなかっただけで、そこまでする？」

広《ひろし》がおどろいてみせるが、まことは真剣《しんけん》だった。

「なんか、いやな予感《よかん》がするんだ……」

「オーバーなんだよ、まことは。明日《あした》はふつうにくるだろ。カラオケいこうぜ」

広《ひろし》はさっさと帰《かえ》りだした。するとほかのみんなも後《あと》につづいた。

それでも、どうしても心配《しんぱい》なまことは、家庭科室《かていかしつ》へとむかった。

「なぜ私《わたし》が鵺野先生《ぬえのせんせい》の家《いえ》に？」

玉藻《たまも》にぬ〜べ〜のことを相談《そうだん》したまことだが、あっさりとことわられてしまった。

「ぬ〜べ〜のこと、心配《しんぱい》じゃないんですか？」

「仮《かり》に鵺野《ぬえの》先生《せんせい》に何《なに》かあったとして、私《わたし》がいったところでどうなる？」

「えっ？」

「君《きみ》がいって、何《なに》ができるんだ？」

「それは……」

まことが答《こた》えられずにいると、玉藻《たまも》はその場《ば》をたちさってしまった。

しかたなく、まことは一人《ひとり》でぬ〜べ〜のアパートにむかって走《はし》っていった。


ドアのチャイムを押《お》すと、中《なか》からゆきめがでた。

その泣《な》きはらした顔《かお》を見《み》て、まことは自分《じぶん》の予感《よかん》が的中《てきちゅう》したことに気《き》づいた。

「まこと君《くん》！　ダーリンが！　ねえ、ダーリンがたいへんなの！」

「どうしたの！」

まことはあわてて部屋《へや》の中《なか》に飛《と》びこむ。

寝《ね》ているぬ〜べ〜の胸《むね》の部分《ぶぶん》に、ざっくりと傷《きず》がはいっているのを見《み》て、うろたえた。

「き、傷《きず》がっ！　いったい、何《なに》があったの！」

「これ、悪《わる》い妖怪《ようかい》のしわざじゃ……」

ゆきめのその言葉《ことば》を聞《き》き、まことははっとした。

「も、もしかしたら、〝怪人赤《かいじんあか》マント〟」

童守町《どうもりちょう》の有名《ゆうめい》な都市伝説《としでんせつ》を思《おも》いだしたまことは、その話《はなし》をしはじめる。

「三十年前《ねんまえ》に実在《じつざい》した、連続殺人鬼《れんぞくさつじんき》、〝怪人赤《かいじんあか》マント〟……みんなは、その男《おとこ》を『A《エー》』と呼《よ》んでおそれていた」

真剣《しんけん》に聞《き》きいっているゆきめ。

まことは話《はなし》をつづける。

「A《エー》はターゲットに、必《かなら》ずある質問《しつもん》をした。『青《あお》が好《す》き？　白《しろ》が好《す》き？　赤《あか》が好《す》き？』。その質問《しつもん》に『青《あお》が好《す》き』と答《こた》えると、水《みず》に落《お》とされて殺《ころ》される。『白《しろ》が好《す》き』と答《こた》えると、体中《からだじゅう》の血《ち》を抜《ぬ》かれて殺《ころ》される。『赤《あか》が好《す》き』と答《こた》えると、血《ち》まみれになって殺《ころ》される……」

「じゃあ、どれを答《こた》えても殺《ころ》される！」

「結局《けっきょく》、A《エー》はつかまって死刑《しけい》になった、はずだった」

「はず？」

「それからしばらくして、眠《ねむ》ったまま体《からだ》に『A《エー》』の文字《もじ》をきざまれて、謎《なぞ》の死《し》をとげる人《ひと》が続出《ぞくしゅつ》した。A《エー》はよみがえったんだ。夢《ゆめ》の中《なか》でおそってくる妖怪《ようかい》となって……」

まことはそこで言葉《ことば》を切《き》り、くるしげな表情《ひょうじょう》のぬ〜べ〜を見《み》た。

ゆきめも、その視線《しせん》を追《お》うようにして、ぬ〜べ〜の胸元《むなもと》の傷《きず》に目《め》をやる。

それは、『A《エー》』の文字《もじ》のななめの線《せん》のようにも見《み》えた。

「うそ……。ダーリン、死《し》んじゃうの！　やだ！　ぜったいやだ！」

「ぼくだっていやだよ！」

「おねがい！　ダーリンをたすけて！」

「ぼくの力《ちから》では、どうすることもできないよ。でも、待《ま》てよ……」

まことははっとして、たちあがった。

「たすけを呼《よ》んでくる！」

そういうと、外《そと》へと飛《と》びだしていった。


そのころ、校門《こうもん》から外《そと》にでたリツコはなやんでいた。

ぬ〜べ〜のアパートにいくかどうか。

「そうよ、教師仲間《きょうしなかま》として、ようすを見《み》にいくだけ」

自分《じぶん》にいいきかせるようにつぶやくと歩《ある》きだす。

しかし、すぐにたちどまった。

「でも、私《わたし》なんかがいったって……」

逆方向《ぎゃくほうこう》へ歩《ある》きだすリツコ。

だが、またたちどまる。

「ああ、もうっ！」

結局《けっきょく》、ぬ〜べ〜のアパートにむかって走《はし》りだしていた。


夢《ゆめ》の中《なか》で、ぬ〜べ〜の前《まえ》にたつ邪悪《じゃあく》なリツコ先生《せんせい》。

「さあ、審判《しんぱん》の時間《じかん》です……ジャッジメント」

赤《あか》マントの男《おとこ》、『A《エー》』がいうと、リツコが話《はな》しはじめる。

「えらんでいただきます。命《いのち》の価値《かち》を」

「命《いのち》の価値《かち》？」

ぬ〜べ〜は眉《まゆ》をひそめた。

「あなたは医者《いしゃ》です。重症《じゅうしょう》の患者《かんじゃ》が二人《ふたり》いて、医者《いしゃ》はあなた一人《ひとり》。とても両方《りょうほう》を診《み》ている

時間《じかん》はない。その二人《ふたり》とは、童守寺《どうもりじ》の和尚《おしょう》と葉月《はづき》いずな。さあ、どっちをたすける？」

リツコがそう聞《き》くので、ぬ～べ～は少《すこ》しほっとした。

「和尚《おしょう》といずなだったら、そりゃ、いずな……か……」

ぬ～べ～がいうと、そこに邪悪《じゃあく》な顔《かお》の和尚《おしょう》があらわれた。

「おいおい、そんな簡単《かんたん》にきめてしまうのか」

「和尚《おしょう》！」

つづいていずなもあらわれる。

和尚《おしょう》と同《おな》じく、ぶきみな笑《え》みを見《み》せて。

「それでいいの！　私《わたし》のほうが若《わか》くて美《うつく》しいんだからさ」

いずながいうと、和尚《おしょう》は不満《ふまん》な顔《かお》をして、ぬ～べ～を見《み》た。

「おまえは、年齢《ねんれい》や性別《せいべつ》、見《み》かけで人《ひと》の命《いのち》の重《おも》さをきめるのか？」

「そ、それは……、くっ！　ダメだ。えらべない！」

「それは残念《ざんねん》」

リツコが冷《つめ》たくいうと、その手《て》に大《おお》きな鎌《かま》があらわれる。

和尚《おしょう》といずなはすっと消《き》えた。

リツコは、大鎌《おおがま》をふりあげ、おもいっきりふりおろした。

「うわああっ！」

ぬ～べ～は悲鳴《ひめい》をあげた。

その時《とき》、現実世界《げんじつせかい》のぬ～べ～にも傷《きず》が増《ふ》えた。

胸《むね》に、二本目《ほんめ》の切《き》り傷《きず》が走《はし》ったのだ。

「ダーリンッ！」

ゆきめは恐怖《きょうふ》で顔《かお》をゆがめ、はげしくうなされるぬ～べ～を見《み》た。


まことは童守寺《どうもりじ》の境内《けいだい》にかけこむと、いずなをさがした。

見習《みなら》いとはいえ、霊能力者《れいのうりょくしゃ》。いずなにたすけを求《もと》めにきた。

いずなが本堂《ほんどう》のわきにたっているのを見《み》つけ、息《いき》をはずませてかけよる。

「いずなさん！　ぬ～べ～が……ぬ～べ～が……！」

「どうした青少年《せいしょうねん》。おちつきなって」

「〝怪人赤《かいじんあか》マント〟にとりつかれたんだ！　早《はや》くたすけないと、ぬ～べ～死《し》んじゃう！」

「〝怪人赤《かいじんあか》マント〟？」

いずなはきょとんとしたが、まことの真剣《しんけん》な顔《かお》を見《み》て、ただごとではないと感《かん》じた。

「ぼく、ぬ〜べ〜のことが心配《しんぱい》で、で、でも、ぼくには何《なに》もできなくて、だから……」

「〝怪人赤《かいじんあか》マント〟がなんなのかわかんないけど、そんな捨《す》てられたチワワみたいなせつない目《め》で見《み》つめられたら、ほっとけないよ！」

「いずなさん、おねがいします！」

「わかった！　いこう、まことっ！」

いずなはかけだした。

「いずなさん、ぬ〜べ〜のアパートはそっちじゃない！」

「こっちでいいの、考《かんが》えがあるんだから」

二人《ふたり》は、町《まち》はずれの丘《おか》のほうにむかって走《はし》っていった。


そのころ、リツコはぬ〜べ〜のアパートにたどりついていた。

どきどきしながら、チャイムを押《お》すと、ゆきめが顔《かお》をだした。

たがいに、相手《あいて》を見《み》てはっとする。ぬ〜べ〜に思《おも》いをよせる二人《ふたり》。

しばらく、二人《ふたり》は見《み》つめあったが、さきにリツコが口《くち》をひらいた。

「鵺野先生《ぬえのせんせい》のごようすをうかがいにきたんですが、お邪魔《じゃま》だったみたいですね」

リツコはさびしげにいい、帰《かえ》ろうとした。

「待《ま》って！　ダーリンをたすけてください」

ゆきめがたまらずそういった。

その時《とき》、部屋《へや》の奥《おく》からくるしげな声《こえ》が聞《き》こえた。

「うぐあぁあぁあああ！」

「鵺野先生《ぬえのせんせい》！」

ゆきめにみちびかれて中《なか》にはいったリツコは、おどろいた。

胸《むね》に二本《ほん》の大《おお》きな切《き》り傷《きず》があり、うめき声《ごえ》をあげるぬ〜べ〜が寝《ね》ていたからだ。

「鵺野先生《ぬえのせんせい》！　こ、これ、いったい……」

「夢《ゆめ》の中《なか》で、妖怪《ようかい》にとりつかれているの。このままおきないと死《し》んじゃうの」

「死《し》ぬ？　そんな……、ど、どうすればいいの？」

「私《わたし》にもわかんないよ！」

ゆきめが泣《な》きそうな声《こえ》をだした時《とき》、どかどかと生徒《せいと》たちがはいってきた。

「ゆきめさん！　いまの話《はなし》、マジかよ！」

それは広《ひろし》だった。ほかにも、愛《あい》と静《しずか》、それに美樹《みき》、克也《かつや》、秀一《しゅういち》もいる。

放課後《ほうかご》、みんなでカラオケにいったが、やはりぬ〜べ〜のことが心配《しんぱい》になり、かけつけてきたのだ。

「みんな……」

リツコは目《め》をまるくして、生徒《せいと》たちを見《み》る。

生徒《せいと》たちは、うなされているぬ〜べ〜のところへいった。

「おい！　ぬ〜べ〜おきろ！　おきろよ！　ぬ〜べ〜っ！」

広《ひろし》が大声《おおごえ》をだして、ぬ〜べ〜の体《からだ》を強《つよ》く揺《ゆ》すった。

「俺《おれ》がその妖怪《ようかい》、ブッ殺《ころ》してやる！」

広《ひろし》が怒鳴《どな》ると、秀一《しゅういち》が冷静《れいせい》にいった。

「どうやってやるの？　夢《ゆめ》の中《なか》だよ」

「じゃ、どうすればいいんだよ」

「よしっ、ぬ〜べ〜がおきるまで、みんなで声《こえ》をかけつづけよう」

秀一《しゅういち》がいうと、みんなはうなずいた。

「俺《おれ》たちはぬ〜べ〜に何度《なんど》もたすけてもらっている。今度《こんど》は俺《おれ》たちがたすける番《ばん》だ」

「うん。ぬ〜べ〜！　がんばれ！　がんばってよ！」

懸命《けんめい》に声《こえ》をかけつづける生徒《せいと》たち。

それを見《み》てリツコは涙《なみだ》ぐみそうになった。

その時《とき》、寝《ね》ているぬ〜べ〜の左手《ひだりて》が震《ふる》えた。

◇◇◇◇◇◇◇◇◇◇◇◇◇◇◇◇◇◇異空間《いくうかん》◆◆◆◆◆◆◆◆◆◆◆◆◆◆◆◆◆◆

ここは、ぬ〜べ〜の左手《ひだりて》の中《なか》の世界《せかい》。バキの前《まえ》にどさっと落《お》っこちたぬ〜べ〜。

「いたた……、あの、俺《おれ》、いまけっこうたいへんな状態《じょうたい》なんですけど……」

「関係《かんけい》ない！　俺《おれ》にはまったく関係《かんけい》ない！」

鬼《おに》のバキが怒鳴《どな》ると、横《よこ》にいる美奈子先生《みなこせんせい》が微笑《ほほえ》んだ。

「鵺野君《ぬえのくん》、あなたはみーんなに愛《あい》されているのね」

「おまえ、本気《ほんき》でそう思《おも》ってんのか？」

バキが鼻《はな》で笑《わら》っていった。

「バキも見《み》たでしょ？　みんなが鵺野君《ぬえのくん》のために集《あつ》まって、やさしい声《こえ》をかけてる」

「いやいや、俺《おれ》にいわせりゃ茶番《ちゃばん》以外《いがい》の何《なに》ものでもねえよ。なんかみんなですげえ深刻《しんこく》そうな顔《かお》してるけどさあ……。あいつらが何人《なんにん》いても状況《じょうきょう》はなんにも変《か》わんねえ。生徒《せいと》たちは早《はや》く家《いえ》に帰《かえ》って、英単語《えいたんご》の一《ひと》つでも覚《おぼ》えたほうが、ためになる！」

「ひどい。みんなは鵺野君《ぬえのくん》が心配《しんぱい》で集《あつ》まって……」

「いーや！　そもそもあいつらは、本当《ほんとう》にこいつのことを心配《しんぱい》しているのか、それすらも怪《あや》しい！」

「そんな……俺《おれ》の生徒《せいと》を悪《わる》くいうな！」

ぬ〜べ〜は声《こえ》を荒《あら》げた。

「あのさ、おまえら人間《にんげん》は、友《とも》だちが入院《にゅういん》した時《とき》とか、みんなでおみまいにいくだろ？　でも、『なんかまわりのみんながいくから、自分《じぶん》もいっとかないと』って空気《くうき》を読《よ》んでなんとなーくいく時《とき》もあるだろ？」

「そ、それは、みんなでいくことに意味《いみ》が……」

ぬ〜べ〜はいいよどんだ。

「それって、自分《じぶん》だけいかなかったら、冷《つめ》たいって思《おも》われるからだろ？　結局《けっきょく》は自分中心《じぶんちゅうしん》の考《かんが》え方《かた》だ」

「それはちがいます！　たすけあって生《い》きていくのが人間《にんげん》です」

真《ま》っ向《こう》から否定《ひてい》する美奈子《みなこ》に、バキが問《と》いかける。

「じゃあおまえ、何か他人《たにん》のためにやってることあんの？」

「私《わたし》は、世界中《せかいじゅう》の人《ひと》のために、地球環境《ちきゅうかんきょう》のことを考《かんが》えて行動《こうどう》しています」

「ほおー、たとえば？」

「コンビニでお弁当《べんとう》買《か》った時《とき》に、わりばしをことわってるし、マイはしも持《も》ちあるいてます」

「けっ！　たとえおまえがマイはしを持《も》ちあるいたところで、伐採《ばっさい》される森林《しんりん》の量《りょう》は変《か》わらねえんだよ。つーかさ、おまえここにいて、いつコンビニいくんだよ？」

「たとえ役《やく》にたたなくても、そばにいたいと思《おも》う時《とき》はある」

ぬ～べ～がわってはいるが、バキは納得《なっとく》しない。

「役《やく》にたたねえなら、いても意味《いみ》ねえって！」

「一緒《いっしょ》にいることで、その人《ひと》の気持《きも》ちに寄《よ》りそうことはできる」

「気持《きも》ちだけじゃ、なんの足《た》しにもなんねえの！」

「そんなことない……。きっと思《おも》いはとどくはずなんだ」

「鵺野君《ぬえのくん》……」

二人《ふたり》のやりとりを美奈子《みなこ》はじっと見《み》ていた。

◇◇◇◇◇◇◇◇◇◇◇◇◇◇◇◇◇◇◆◆◆◆◆◆◆◆◆◆◆◆◆◆◆◆◆◆◆◆

まことといずなは、丘《おか》のうえの天狗塚《てんぐづか》にいた。

「このへんだと思《おも》うんだけどな」

いずながきょろきょろとする。

「誰《だれ》をさがしてるんですか？」

まことはわけがわからなかった。

「はあ……、やっぱりそんな簡単《かんたん》には見《み》つから……」

「なんの用《よう》だ？」

ふいに背後《はいご》から声《こえ》が聞《き》こえ、いずなはびくっとしてふりむいた。

そこには、無限界時空《むげんかいじくう》がたっていた。

「時空《じくう》ちゃん！　あんたの息子《むすこ》がたいへんだよ！」

いずなの言葉《ことば》に、まことはおどろいた。

「息子《むすこ》？　む、無限界時空《むげんかいじくう》が、ぬーべ～のお父《とう》さん……」

「私《わたし》には関係《かんけい》ない」

時空《じくう》はそっけなくいった。

「関係《かんけい》ないわけないじゃん。親子《おやこ》でしょ！」

「時空《じくう》さん、おねがいします。〝怪人赤《かいじんあか》マント〟から、ぬ〜べ〜をたすけてください」

まことは頭《あたま》をさげた。

「やつは、私《わたし》のたすけなど求《もと》めてはいまい」

「仲《なか》なおりのチャンスじゃん！　そんなんだから息子《むすこ》からきらわれるんだよ」

いずながそういいはなつと、時空《じくう》にカッとにらまれた。

「ああ、もうっ、時間《じかん》のむだだ。いこう、まこと」

「待《ま》て」と時空《じくう》が呼《よ》びとめた。

「玉藻《たまも》とかいう男《おとこ》のところへは、いったのか？」

「え？　玉《たま》モンのところ？　なんで？」

いずなは、玉藻《たまも》の名《な》を聞《き》いて、どきっとした。

「霊能力者《れいのうりょくしゃ》が必要《ひつよう》なんだろう。やつは四百歳《ひゃくさい》の狐《きつね》の妖怪《ようかい》だ」

「え―――っ！　うそ―――っ！」

いずなはおどろいた。

同《おな》じく、まことも目《め》をまるくしている。

信頼《しんらい》していた玉藻《たまも》先生《せんせい》。その先生《せんせい》が、文化祭《ぶんかさい》の時《とき》にみんなをおそった狐《きつね》の妖怪《ようかい》だった……。

まことはにわかに信《しん》じられず、時空《じくう》につめよるようにして聞《き》いた。

「た、玉藻《たまも》先生《せんせい》が、妖怪《ようかい》？」

「まあ、やつがたすけてくれるはずもないがな」

それだけいいのこすと、時空《じくう》はたちさった。

まこととずなは、ぼう然《ぜん》として時空《じくう》の背中《せなか》を見《み》やっていた。

「サイコーじゃん！」

ふいにいずなが声《こえ》をだす。

「え？　いずなさん、何《なに》が最高《さいこう》なの？」

「イタコと妖怪《ようかい》の禁断《きんだん》の恋《こい》！　これこそ私《わたし》にふさわしいラブストーリー！　まこと！　早《はや》く玉《たま》モンに会《あ》いにいこうっ！」

いずなが走《はし》りだす。

「ちょっと！　いずなさんっ！」

まことはあわてて追《お》いかけていった。

夢《ゆめ》の中《なか》で、ぬ〜べ〜の前《まえ》にたつ赤《あか》マント。

ぬ〜べ〜の体《からだ》には、二本《ほん》の切《き》り傷《きず》が走《はし》っている。

「あとひと太刀《たち》で、あなたの体《からだ》に『A《エー》』の文字《もじ》が完成《かんせい》する。さあ、最後《さいご》の審判《しんぱん》の時間《じかん》です。私《わたし》の次《つぎ》のターゲットはあなたにえらんでいただこう。リツコ先生《せんせい》と二年《ねん》三組《くみ》の生徒《せいと》たち、さあ、どっちをえらぶ？」

その時《とき》、ぶきみな笑《え》みをうかべた生徒《せいと》たちとリツコがあらわれた。

「鵺野《ぬえの》先生《せんせい》、もちろん私《わたし》をたすけてくれますよね？」とリツコ。

「何《なに》いってんの、リツコ先生《せんせい》。ぬ〜べ〜は私《わたし》たちをたすけるにきまってんじゃん」

郷子《きょうこ》が声《こえ》をだすと、美樹《みき》や法子《のりこ》も口々《くちぐち》に同《おな》じことをいった。

ぬ〜べ〜は無言《むごん》で生徒《せいと》たちを見《み》まわす。

「私《わたし》を見《み》すてることなんてできるの！」

リツコが強《つよ》くいうと、克也《かつや》がにやにやと笑《わら》った。

「ぬ～べ～、こんなの簡単《かんたん》な選択《せんたく》だろ？」

「人数《にんずう》からいっても俺《おれ》らをたすけるべきだよ。リツコ先生《せんせい》一人《ひとり》が犠牲《ぎせい》になれば、俺《おれ》ら全員《ぜんいん》がたすかるんだから。そういうわけでリツコ先生《せんせい》、すいません」

その広《ひろし》の言葉《ことば》に生徒《せいと》たちは大《おお》きくうなずく。

「こ、こんなの……、えらべるわけない！」

ぬ～べ～は頭《あたま》をかかえた。

「さあ、きめてください！　ジャッジメント！」

赤《あか》マントが最後《さいご》の答《こた》えを求《もと》めた。


まことといずなは童守高校《どうもりこうこう》の屋上《おくじょう》で玉藻《たまも》を見《み》つけた。

夕闇《ゆうやみ》がせまっている。

「玉《たま》モン、いた！　ああ、すでにカッコいい……、どうしよう……」

いずなは急《きゅう》にもじもじとしはじめた。

「なんの用《よう》だ？」

玉藻《たまも》が二人《ふたり》に気《き》づいて声《こえ》をかけると、まことが意《い》を決《けっ》した顔《かお》で聞《き》いた。

「文化祭《ぶんかさい》の準備《じゅんび》の時《とき》に教室《きょうしつ》をおそった狐《きつね》の妖怪《ようかい》は、玉藻先生《たまもせんせい》だったんですね」

「ああ、そうだ」

「どうして、まだ人間《にんげん》のふりをして学校《がっこう》にいるんですか？」

「おまえたち人間《にんげん》を支配《しはい》するためだ」

「ぬ～べ～は玉藻先生《たまもせんせい》にトドメをささなかった。それは、玉藻先生《たまもせんせい》のことを信《しん》じたからじゃないんですか」

まことがそういうと、玉藻《たまも》は無言《むごん》で彼《かれ》を見《み》つめた。

「ぼくはぬ～べ～を信《しん》じる。だから、玉藻先生《たまもせんせい》のことを信《しん》じたい。おねがいします、ぬ～べ～をたすけてください。〝怪人赤《かいじんあか》マント〟に夢《ゆめ》の中《なか》で殺《ころ》されそうになっているんです」

「何《なに》か、かんちがいをしているようだな。鵺野先生《ぬえのせんせい》が私《わたし》をどう思《おも》おうが、彼《かれ》は私《わたし》にとってたおすべき敵《てき》だ」

「そんな……」

まことが悲《かな》しげな顔《かお》をすると、いずながツカツカと玉藻《たまも》に歩《あゆ》みよった。

「ちょっとちょっと！　さっきから聞《き》いてりゃ、何《なに》カッコつけてんだよ！　少《すこ》しくらい力《ちから》貸《か》してくれたっていいじゃん。ぬ～べ～と友《とも》だちでしょ」

「友《とも》だち？　そんなこと考《かんが》えたこともない」

「なんなの？　ぬ〜べ〜に負《ま》けたからすねてんの？　あんたを救《すく》ってくれた恩人《おんじん》が死《し》にそうだってんだよ！　あんた、ほんとに人間《にんげん》の気持《きも》ちがわかんないの？　わかんないふりしてるだけじゃないの？」

「……」

「もういい！　完全《かんぜん》に見《み》そこなった！　百年《ひゃくねん》の恋《こい》もさめた！　いくよ、まことっ！」

いずなとまことはぬ〜べ〜のアパートにむかって走《はし》りはじめた。

玉藻《たまも》は、二人《ふたり》が走《はし》りさっていくのをじっと見《み》つめていた。

その顔《かお》には、何《なに》かを感《かん》じているような表情《ひょうじょう》がうかんでいた。

二人《ふたり》が部屋《へや》に着《つ》くと、大勢《おおぜい》の生徒《せいと》やリツコ先生《せんせい》までもいて、まことはおどろいた。みんな、ぬ〜べ〜のことを心配《しんぱい》して、集《あつ》まっているのである。

ぬ〜べ〜は汗《あせ》まみれになってくるしんでいた。

あと一本《いっぽん》、鎌《かま》で切《き》られれば、『A《エー》』の文字《もじ》が完成《かんせい》する。

その時《とき》、おそらくぬ〜べ〜の命《いのち》は終《お》わる。

まことはそう考《かんが》えた。

「ごめん！　私《わたし》じゃどうにもなんないよ……」

いずながしゃがみこんでぬ〜べ〜を見《み》た。

「グ……、ガハッ、み、みんな……」

ぬ〜べ〜が大《おお》きくうめき声《ごえ》をあげたので、みんなびくっとした。

顔《かお》は青《あお》ざめ、いまにも息《いき》が絶《た》えそうだ。

最期《さいご》がせまっているとみんなは感《かん》じた。

「鵺野先生《ぬえのせんせい》！」とリツコが叫《さけ》ぶ。

「ダーリン！」

「ぬ〜べ〜っ！」

まわりのみんなが泣《な》き叫《さけ》んだその時《とき》、バンッと部屋《へや》のドアがひらかれた。

そこにあらわれたのは、玉藻《たまも》だった。

「時間切《じかんぎ》れです」

ぬ〜べ〜の夢《ゆめ》の中《なか》では、赤《あか》マントが鎌《かま》を大《おお》きくふりあげた。

目《め》をつぶるぬ～べ～。

そこに鎌《かま》がふりおろされた。

「ガキンッ！」

その時《とき》、火花《ひばな》が飛《と》びちった。

玉藻《たまも》が『首《くび》さすまた』で鎌《かま》を受《う》けとめている。

「た、玉《たま》ちゃん！」

「何《なに》をやっているんですか！　私以外《わたしいがい》の妖怪《ようかい》に負《ま》けることなど、許《ゆる》しませんよ！」

そういうと、玉藻《たまも》は赤《あか》マントをはねとばした。

「き、きさま……、どうやって夢《ゆめ》の世界《せかい》に」

「夢《ゆめ》の中《なか》にはいりこむことなど、私《わたし》にとっては簡単《かんたん》なこと」

「玉《たま》ちゃん……」

「こんな幻覚《げんかく》にまどわされているようでは、まだまだですね、鵺野先生《ぬえのせんせい》」

そういった玉藻《たまも》の目《め》が青《あお》く光《ひか》る。

すると、リツコと生徒《せいと》たちが煙《けむり》となって消《き》えた。

「きさま、邪魔《じゃま》をするな！」

赤《あか》マントは鎌《かま》をふりかざし、玉藻《たまも》をおそった。

首《くび》さすまたで応戦《おうせん》する玉藻《たまも》は、手《て》のひらから炎《ほのお》をだして、攻撃《こうげき》しはじめた。

しかし、炎《ほのお》は赤《あか》マントの体《からだ》をするりとつきぬけていき、ダメージを与《あた》えられない。

「くっ……、なぜ、あたらない……」

「おまえに私《わたし》をたおすことはできない。なぜならここは、私《わたし》が支配《しはい》する夢《ゆめ》の世界《せかい》。おまえも、夢《ゆめ》の住人《じゅうにん》になれっ！」

赤《あか》マントがふたたび鎌《かま》をふりかざした。

さっきよりもパワーが増《ま》している。

その時《とき》、アパートの中《なか》では、眠《ねむ》っているぬ〜べ〜に玉藻《たまも》が手《て》をかざし、目《め》を閉《と》じていた。

しかし、ようすがおかしい。

玉藻《たまも》の体《からだ》がビクンビクンとのたうっている。

「玉《たま》モン！」

いずながが叫《さけ》んだ。

夜道《よみち》にぶきみな仮面《かめん》をかぶった占《うらな》い師《し》が座《すわ》っている。

テーブルのうえの水晶《すいしょう》には、赤《あか》マントと戦《たたか》う玉藻《たまも》がうつっていた。

その時《とき》、一人《ひとり》の男《おとこ》が占《うらな》い師《し》の前《まえ》にたった。

「その水晶《すいしょう》が、夢《ゆめ》と現実《げんじつ》の境界《きょうかい》というわけか……」

男《おとこ》は時空《じくう》だった。

仮面男《かめんおとこ》の胸《むな》ぐらをつかみ、ぎろりとにらみつける。

「おまえが〝怪人赤《かいじんあか》マント〟だな？」

「私《わたし》は分身《ぶんしん》にすぎない……。ほんものは鵺野鳴介《ぬえのめいすけ》の夢《ゆめ》の中《なか》」

男《おとこ》がそういった時《とき》、仮面《かめん》がぽろりとはずれて地面《じめん》に落《お》ちた。

仮面《かめん》のしたに顔《かお》はなく、深《ふか》い闇《やみ》が口《くち》をひらいている。

時空《じくう》は、強《つよ》い念《ねん》をこめて、水晶《すいしょう》に手《て》をかざした。


はげしい金属音《きんぞくおん》とともに、首《くび》さすまたが飛《と》んでいった。

玉藻《たまも》も吹《ふ》っとばされ、地面《じめん》にたおれている。

赤《あか》マントは鎌《かま》をふりあげ、ぬ〜べ〜に挑《いど》みかかった。

「目《め》の前《まえ》で、仲間《なかま》が殺《ころ》されるのを見《み》るがいい」

ふりおろされる鎌《かま》の刃《は》を、玉藻《たまも》が高速移動《こうそくいどう》して受《う》けとめた。

「ガハッ！」とひざまずく玉藻《たまも》。

その背中《せなか》には鎌《かま》の刃《は》で大《おお》きな傷《きず》ができていた。

「玉《たま》ちゃん！　どうしてそこまでして、俺《おれ》を……」

ぬ〜べ〜は、傷《きず》ついた玉藻《たまも》を信《しん》じられない思《おも》いで見《み》ていた。

「まったくだ。これではまるで、いつものあなたじゃないか……。あなたを見《み》ているうちに、私《わたし》は……」

そこまでいうと、玉藻《たまも》はドサッとたおれた。

「ハッハッハ！　おかしな男《おとこ》だ。妖怪《ようかい》のくせに人間《にんげん》をかばってたおれるとは」

「笑《わら》うな、俺《おれ》はどうなってもいい！　ただ玉《たま》ちゃんをたすけたい」

ぬ〜べ〜はゆっくりたちあがった。

「赤《あか》を選《えら》んだあなたは、血《ち》まみれにされて殺《ころ》される。これで終《お》わりです」

赤《あか》マントが鎌《かま》をふりかざしたまま、ぬ〜べ〜に歩《あゆ》みよった。

ぬ〜べ〜は、思《おも》わず左手《ひだりて》に力《ちから》をこめる。

「こ、この封印《ふういん》さえ、とければ……」

その時《とき》、現実《げんじつ》の世界《せかい》にいる時空《じくう》は水晶《すいしょう》にむかって、カッと目《め》を見《み》ひらいた。

「破《は》――――ッ！」

時空《じくう》が叫《さけ》ぶと、その手《て》から水晶《すいしょう》に強《つよ》い霊力《れいりょく》が送《おく》りこまれる。

そのとたん、ぬ～べ～の左手《ひだりて》がまぶしく発光《はっこう》した。

ネコの手《て》がくだけちり、鬼《おに》の手《て》があらわになる。

鬼《おに》の手《て》の力《ちから》で、鎌《かま》がはじかれ、飛《と》んでいった。

「お、鬼《おに》の手《て》が……」

ぬ～べ～は復活《ふっかつ》した左手《ひだりて》を見《み》つめた。

「なぜだ！　いったいどうやって封印《ふういん》を！」

赤《あか》マントはあせった。

「そ、それは、俺《おれ》にもまったくわからん！」

「なんだと……」

「でも、玉《たま》ちゃんがきてくれたこととか、みんなが俺《おれ》を思《おも》ってくれる気持《きも》ちとか」

遠《とお》くから、ぬ～べ～を呼《よ》ぶ声《こえ》が聞《き》こえている。

それは生徒《せいと》たちやリツコ、それにゆきめの強《つよ》い思《おも》いの声《こえ》だった。

「そういうのが、キセキをおこしたんだ！　たぶんっ！」

ぬ～べ～は鬼《おに》の手《て》をかまえた。

「覚悟《かくご》しろ、〝怪人赤《かいじんあか》マント〟！　光明遍照《こうみょうへんじょう》　現威神力《げんいじんりき》　魔界鬼界《まかいきかい》　降伏怨念《こうふくおんねん》　不思議力《ふしぎりき》　悪霊《あくりょう》退散《たいさん》！」

「あ、ああ、あああ……」

赤《あか》マントはおびえていた。

「いけっ！　鵺野先生《ぬえのせんせい》っ！」と玉藻《たまも》が声《こえ》をだす。

「くらえっ、強制成仏《きょうせいじょうぶつ》！」

鬼《おに》の手《て》が赤《あか》マントの体《からだ》をつきやぶった。

「ぎゃやああああああああぁあああ！」

赤《あか》マントは絶叫《ぜっきょう》を残《のこ》し、成仏《じょうぶつ》していった。

すべてをだしつくしてたおれたぬ～べ～の手《て》をとり、玉藻《たまも》がゆっくりとおこした。

「夢《ゆめ》の中《なか》でも傷《きず》だらけで戦《たたか》うとは、実《じつ》にあなたらしい」

「もうわかってるだろ？」

ぼろぼろの体《からだ》で、ぬ～べ～は玉藻《たまも》に笑《わら》いかけた。

「ええ、あなたは……」

「俺《おれ》は……」

「「そういう男《おとこ》だ！」」

二人《ふたり》で声《こえ》をあわせた。


目《め》を覚《さ》ましたぬ～べ～に、みんなははっとした。

「ダーリンッ！」とゆきめが飛《と》びつく。

「ぬ～べ～っ！」

リツコやいずな、そして生徒《せいと》たち全員《ぜんいん》がぬ～べ～にしがみついた。

不思議《ふしぎ》と、胸《むね》の傷《きず》はすっかり消《き》えている。

「心配《しんぱい》かけてすまなかった。みんなの声《こえ》、聞《き》こえたよ……。ありがとう、みんなの強《つよ》い思《おも》いでキセキがおきた。それに、玉藻先生《たまもせんせい》が夢《ゆめ》にあらわれて、俺《おれ》をたすけて……」

そこでぬ～べ～はきょろきょろとした。

「あれ、玉《たま》ちゃんは？」

玉藻《たまも》にも礼《れい》をいおうとしたのだが、すでにいなくなっている。

「一度《ど》は協力《きょうりょく》しないふりをして、ピンチの時《とき》にさっそうと登場《とうじょう》！　そしてすっと去《さ》っていく！　すべてがカッコイー！」

いずなは遠《とお》くを見《み》るような目《め》つきで口《くち》をひらいた。

まことがあわてて外《そと》へ飛《と》びだすと、すぐに玉藻《たまも》の背中《せなか》を見《み》つけた。

「玉藻先生《たまもせんせい》！」

大声《おおごえ》で呼《よ》ぶと、玉藻《たまも》はふりむいた。

「ぬ〜べ〜をたすけてくれて、ほんとにありがとうございました！」

まことのまっすぐな瞳《ひとみ》に、玉藻《たまも》は少《すこ》したじろいだ。

「……よかったな」

玉藻《たまも》は一言《ひとこと》だけいうと、すぐに歩《ある》きだした。

(これはなんだ……。私《わたし》に、人間《にんげん》の感情《かんじょう》がめばえたとでもいうのか)

玉藻《たまも》は、胸《むね》の中《なか》に何《なに》かあたたかいものがあるのを感《かん》じていた。

そのころ、時空《じくう》は夜道《よみち》に一人《ひとり》たたずみ、肩《かた》で息《いき》をしていた。

仮面《かめん》の男《おとこ》は黒《くろ》い煙《けむり》となって消《き》えてしまった。水晶玉《すいしょうだま》もくだけちっている。

そこへ、玉藻《たまも》が歩《ある》いてきた。

「鬼《おに》の手《て》が復活《ふっかつ》したのは、あなたの力《ちから》ですよね」

「めざわりな妖怪《ようかい》を退治《たいじ》したまでだ」

時空《じくう》は荒《あら》い息《いき》で答《こた》えた。

「人間《にんげん》は他人《たにん》のために、へいきで自分《じぶん》を犠牲《ぎせい》にすることがある。私《わたし》にはとうてい理解《りかい》できない感情《かんじょう》だと思《おも》っていた」

「それがどうした？」

「きずな……」

玉藻《たまも》はぽつりといった。

「何《なに》？」

「人間《にんげん》は多《おお》くのきずなで結《むす》ばれ、それを守《まも》ろうとする時《とき》、限界以上《げんかいいじょう》の力《ちから》を発揮《はっき》する」

「妖怪《ようかい》ごときが、人間《にんげん》を語《かた》るな」

「鵺野先生《ぬえのせんせい》をたすけたのは、あなたたちが親子《おやこ》のきずなでむすばれているからじゃないんですか」

「……くだらん」

それだけいうと、時空《じくう》は歩《ある》きさった。

角《かど》をまがったところで、時空《じくう》はふいにたちどまり、口《くち》を押《お》さえてせきこむ。

「ゴホッ、ゴホゴホッ……、ゴフッ！」

手《て》のひらを見《み》ると、べったりと血《ち》がついていた。

「……時間《じかん》が……ない……」

時空《じくう》はつぶやいた。

第《だい》八《はち》怪《かい》

妖怪《ようかい》、人食《ひとく》いモナリザの巻《まき》

朝《あさ》から童守高校《どうもりこうこう》は大騒《おおさわ》ぎとなっていた。

校庭《こうてい》に大《おお》きなモナリザの絵《え》がえがかれているのだ。

そのまわりには、奇妙《きみょう》な模様《もよう》とともに、『Ⅲ』という文字《もじ》も書《か》かれている。

屋上《おくじょう》からそれを見《み》おろしているぬ〜べ〜と生徒《せいと》たち。教頭《きょうとう》や先生《せんせい》たちもいた。

「うわー、すっげえなあ。よくかけてるじゃん！」

ぬ〜べ〜のその声《こえ》に、まことがあきれた。

「感心《かんしん》してる場合《ばあい》かよ。みんな大騒《おおさわ》ぎだよ。でも、これも妖怪《ようかい》のしわざなの？」

「いやいや、誰《だれ》かのいたずらだろう」

笑《わら》って答《こた》えると、いつものように遅刻《ちこく》ぎりぎりでかけこんできた克也《かつや》が、何《なに》かを思《おも》いついたような顔《かお》をする。そして、こう叫《さけ》んだ。

「これは妖怪《ようかい》のしわざだっ！」

「何《なに》？」

ぬ〜べ〜は眉《まゆ》をひそめた。

「これは、童守高校《どうもりこうこう》の七不思議《ななふしぎ》の一《ひと》つ、〝人食《ひとく》いモナリザ〟のしわざだ！」

「克也《かつや》、それ、なんなんだよ」

クラスで一番大柄《ばんおおがら》な金田勝《かねだまさる》が首《くび》をかしげる。

「美術室《びじゅつしつ》のかたすみに眠《ねむ》るモナリザの絵《え》が、夜《よ》な夜《よ》な学校《がっこう》に謎《なぞ》のメッセージを残《のこ》し、最後《さいご》には生徒《せいと》を食《く》らう」

克也《かつや》は真剣《しんけん》な顔《かお》でいった。

「それ、発想《はっそう》としてはおもしろいけど……」

ぬ〜べ〜は、にが笑《わら》いする。

「たしかに、美術室《びじゅつしつ》には古《ふる》いモナリザの絵《え》があったような」

教頭《きょうとう》がそういいだしたので、ぬ〜べ〜はあきれ顔《がお》になった。

「いやいや、教頭先生《きょうとうせんせい》まで」

「美術室《びじゅつしつ》にいってみましょう！」

ひきとめようとするぬ〜べ〜の声《こえ》に耳《みみ》をかさず、教頭《きょうとう》を先頭《せんとう》に生徒《せいと》たちは美術室《びじゅつしつ》にむかってかけだしていく。

「朝《あさ》からもりあがってきたーっ！」

克也《かつや》がうれしそうに声《こえ》をあげた。

一人《ひとり》とりのこされたぬ〜べ〜は、校庭《こうてい》の巨大《きょだい》モナリザを見《み》おろした。

その時《とき》、一瞬《いっしゅん》だったが、何者《なにもの》かの視線《しせん》を背後《はいご》に感《かん》じた。


美術室《びじゅつしつ》の奥《おく》から、教頭《きょうとう》がほこりまみれの一枚《まい》の絵《え》をとりだす。

「ありましたよ！」

興奮《こうふん》した顔《かお》の教頭《きょうとう》のまわりには、大勢《おおぜい》の生徒《せいと》たちがむらがっていた。

「そ、それだっ！」

わざとらしく克也《かつや》が叫《さけ》ぶと、一同《いちどう》はどよめいた。

「これが〝人食《ひとく》いモナリザ〟？」

みんなは口々《くちぐち》にいい、モナリザの絵《え》を見《み》た。

「モナリザのたたり……、燃《も》やしてしまいましょう」

教頭《きょうとう》が絵《え》を持《も》ったまま廊下《ろうか》にでようとするのを、克也《かつや》があわててとめる。

「やばい！　それが一番《ばん》やばいっす！」

「教頭先生《きょうとうせんせい》、きれいにみがいてかざりましょう」

音楽科《おんがくか》の喜屋武《きゃん》先生《せんせい》がいうと、教頭《きょうとう》はうなずいた。

「そ、そうですね」

ひきつった顔《かお》の教頭《きょうとう》を見《み》て、克也《かつや》がにやにやとする。

まことと広《ひろし》は、そんな克也《かつや》に気《き》づき、あきれた。

「よくそんなでまかせばっかり思《おも》いつくな」

「あんまりてきとうなこというなよ、克也《かつや》」

「ノリだよ、ノリ。おもしれえじゃん」

克也《かつや》は悪《わる》びれず、笑《わら》いながらいった。

少《すこ》しはなれて見《み》ているぬ～べ～と郷子《きょうこ》。郷子《きょうこ》がたずねる。

「ぬ～べ～はどう思《おも》う？　あの絵《え》、何《なに》か感《かん》じる？」

「いや、いまは何《なに》も……」

ぬ～べ～の視線《しせん》のさきには、モナリザの微笑《ほほえ》みがあった。

その時《とき》、またしてもぬ～べ～は何者《なにもの》かの視線《しせん》を感《かん》じてふりむいた。

しかしそこに見《み》えたのは、ほかのクラスの大勢《おおぜい》の生徒《せいと》たちがやってくる姿《すがた》だけだった。

〝人食《ひとく》いモナリザ〟のうわさを聞《き》いて、かけつけてきたのである。

克也《かつや》は調子《ちょうし》にのっていて、モナリザを見《み》にきたみんなをこわがらせていた。

「あれが童守高校《どうもりこうこう》七不思議《ななふしぎ》の一《ひと》つ、妖怪《ようかい》〝人食《ひとく》いモナリザ〟だ！　おまえら、そのうち食《く》われてしまうぞ。はははっ」

まことは、克也《かつや》のその笑《わら》いに顔《かお》をしかめ、ぬ～べ～のところに歩《あゆ》みよる。

「克也《かつや》のやつ、いいかげんな妖怪話《ようかいばなし》をでっちあげて、みんなをこわがらせるなんて。ぬ～べ～、ビシッといったほうがいいよ」

「うむ、じゃあほんものを見《み》せてやるか」

ぬ～べ～はにやりとした。

まことがきょとんとすると、ぬ～べ～は克也《かつや》の元《もと》へつかつかといく。

「克也《かつや》、今晩《こんばん》うちでメシ食《く》わないか？」

「はあ？」と克也《かつや》が変《へん》な顔《かお》をした。

まことがあわてて話《はなし》の中《なか》にはいる。

「ずるい！　ぼくもいく！」

「まこともくるか、ははは っ」

にこやかに笑《わら》うぬ～べ～に、克也《かつや》はしぶしぶうなずいた。


ぬ～べ～の部屋《へや》には、妖怪《ようかい》たちがひしめいていた。

座敷《ざしき》わらし、アズキあらいの親子《おやこ》、そして、人《ひと》の心《こころ》が読《よ》めるサトリの妖怪《ようかい》たちだ。

まことは妖怪図鑑《ようかいずかん》を片手《かたて》に、みんなを興味深《きょうみぶか》く見《み》ていた。

ゆきめが作《つく》った冷《つめ》たい料理《りょうり》のならぶちゃぶ台《だい》を、妖怪《ようかい》たちと人間《にんげん》とでかこむ。

遅《おく》れてやってきた克也《かつや》がそこに座《すわ》ると、みんなは歓迎《かんげい》した。

「あたし、座敷《ざしき》わらしー」

まず、かわいらしい小《ちい》さな女《おんな》の子《こ》が、自己紹介《じこしょうかい》する。

「アズキあらいです」

その妖怪《ようかい》は、ザルにいれたアズキを、しょきしょきとかきまぜ、あらいだした。

すると、となりに座《すわ》る妖怪《ようかい》が口《くち》をひらいた。同《おな》じくアズキをあらっている。

「アズキあらいの父《ちち》です」

妖怪《ようかい》たちが自己紹介《じこしょうかい》する中《なか》、サトリだけはだまって克也《かつや》をじっと見《み》ていた。

「俺《おれ》、克也《かつや》っす！　って、これじゃまるで妖怪《ようかい》と合《ごう》コンじゃん！」

克也《かつや》があいさつすると、まことが真剣《しんけん》な顔《かお》でゆきめを見《み》た。

「ゆきめさん。克也《かつや》のやつ、少《すこ》しこらしめてやってくださいよ。ありもしない妖怪《ようかい》の話《はなし》をでっちあげて、いいふらしてるんです」

「えー、ひどーい！」

ゆきめは克也《かつや》に目《め》をむけた。

「ネタじゃねえかよ。あんな巨大《きょだい》モナリザの絵《え》とか見《み》せられたら、ふつう妖怪《ようかい》のせいにするだろ」

克也《かつや》が話《はな》しだすと、妖怪《ようかい》たちは彼《かれ》を無言《むごん》でにらみつけた。

「いやいや、妖怪《ようかい》ってそういうもんでしょ？」

克也《かつや》がたじろぐと、ぬ〜べ〜が笑《わら》いだす。

「ははは、克也《かつや》はとにかく話《はなし》がうまいからな。この妖怪《ようかい》たちにいろいろ聞《き》いたら、またネタができるんじゃないか？」

「今度《こんど》は、私《わたし》たちのいいとこも話《はな》して！　じゃあ、みんなの夢《ゆめ》を聞《き》かせてあげよっか」

ゆきめがまずアズキあらいを見《み》た。

「まあ、こうしてアズキをあらっていられれば、それだけで幸《しあわ》せです」

すると、アズキあらいの父《ちち》が「息子《むすこ》のいうとおりです」という。

「え？　え？　この世《よ》をアズキだらけにしてやるとか、そういう妖怪《ようかい》らしいのは？」

克也《かつや》は拍子《ひょうし》ぬけした表情《ひょうじょう》だった。

「めっそうもございません」

アズキあらいの父《ちち》が恐縮《きょうしゅく》すると、今度《こんど》はまことがゆきめに聞《き》いてみた。

「ねえ、ゆきめさんの夢《ゆめ》は？」

「私《わたし》の夢《ゆめ》は、この世《よ》を氷《こおり》の世界《せかい》にすること！」

それを聞《き》き、克也《かつや》が笑《わら》いだす。

「あはは、それ、妖怪《ようかい》らしいっすねえ。で、ホントはなんすか？」

「ん？　ホントだよ」

「えっ、ネタじゃなくて？」

克也《かつや》の顔《かお》からすっと笑《え》みが失《う》せる。

「うん。それがダメなら、ダーリンを氷《こおり》づけにして、山《やま》につれて帰《かえ》る」

「……それも、マジでいってます？」

「そうだよ」

「それって……、超《ちょう》こわいことといってますよね」

「だって、妖怪《ようかい》ってそういうもんでしょ！」

ゆきめが克也《かつや》のさっきの言葉《ことば》をそっくりいいかえすと、妖怪《ようかい》たちは笑《わら》いだした。

ぬ〜べ〜も笑《わら》いながら、克也《かつや》を見《み》る。

「な、克也《かつや》、みんなおもしろいだろ」

「いや、おもしろいっていうか……」

答《こた》えに迷《まよ》う克也《かつや》を、となりに座《すわ》るサトリがじっとにらんでいた。

「こえぇよ……」

克也《かつや》はひるんでいた。


翌朝《よくあさ》、童守高校《どうもりこうこう》はまたしても大騒《おおさわ》ぎとなっていた。

校庭《こうてい》にいるぬ〜べ〜たち教職員《きょうしょくいん》や生徒《せいと》は、そろって校舎《こうしゃ》の屋上《おくじょう》を見《み》あげている。

「なんじゃや、ありゃ？」

屋上《おくじょう》には二本《ほん》の塔《とう》のように机《つくえ》が高《たか》く積《つ》みあげられていた。

「こんなことができるのは宇宙人《うちゅうじん》か、やっぱ妖怪《ようかい》？」

一人《ひとり》の生徒《せいと》がそういった時《とき》、克也《かつや》がいつものように遅《おく》れて登校《とうこう》してきた。

みんなの視線《しせん》のさきにある、謎《なぞ》の机《つくえ》の二《ふた》つの塔《とう》を見《み》あげ、にやりとする。

「みんな！　ついに〝人食《ひとく》いモナリザ〟のカウントダウンがはじまったぞ！」

克也《かつや》の大声《おおごえ》に生徒《せいと》たちはどよめいた。

「カウントダウンってどういうことだよ」

勝《まさる》がたずねた。

「見《み》てみろ！　昨日《きのう》のモナリザには『Ⅲ』と書《か》いてあっただろ。そして、ほら、あの机《つくえ》の二本《ほん》の塔《とう》は『Ⅱ』だ！」

克也《かつや》の言葉《ことば》に、「ホントだ！」とみんなは声《こえ》をそろえて叫《さけ》んだ。

「明日《あした》には学校中《がっこうじゅう》の生《い》き物《もの》が消《き》えて、最後《さいご》には絵《え》から抜《ぬ》けでた〝人食《ひとく》いモナリザ〟が生徒《せいと》たちを……」

それを聞《き》いたぬ～べ～は、感心《かんしん》したようにうなずいた。

「克也《かつや》のでまかせは、もはや才能《さいのう》だなあ」

「ぬ〜べ〜、何《なに》いってんだよ！　ほら、みんなを見《み》てよ！」

まことが顔《かお》をしかめていうので、ぬ〜べ〜がまわりを見《み》ると、ほとんどの生徒《せいと》たちが克《かつ》也《や》の言葉《ことば》を信《しん》じ、「やっぱ、妖怪《ようかい》のしわざだよ」と口々《くちぐち》にいっていた。

「ん？　誰《だれ》かいる……」

またしても、ぬ〜べ〜は何者《なにもの》かの視線《しせん》を感《かん》じたが、やはりそこには誰《だれ》もいなかった。


ホームルームの時間《じかん》、ぬ〜べ〜が話《はな》しはじめた。

「えー、いま、学校《がっこう》を騒《さわ》がせている事件《じけん》の真相《しんそう》がなんなのか、俺《おれ》にもまだわからん」

「やっぱり妖怪《ようかい》のしわざかよ？」

勝《まさる》が不安《ふあん》そうな声《こえ》をだす。

「いや、それがいまのところ、妖気《ようき》は何《なに》も感《かん》じないんだ」

「でもあんなこと、人間《にんげん》じゃできるわけないよ！　ハッキリいってくれよ。〝人食《ひとく》いモナリザ〟なんだろ！」

「まぁおちつけ。こういう怪奇現象《かいきげんしょう》を目《め》にすると、幽霊《ゆうれい》や妖怪《ようかい》などのせいにする気持《きも》ちはわかる。しかし、すべてを妖怪《ようかい》のせいにしてしまうのもおかしいってことは、みんなら、わかるよな？」

ぬ〜べ〜は一人一人《ひとりひとり》の目《め》を見《み》ながらそういった。

その時《とき》、法子《のりこ》がぽつりとつぶやいた。

「でも、私《わたし》たち、妖怪《ようかい》のせいで何度《なんど》もこわい目《め》にあったのは事実《じじつ》だよね」

「だけど、中《なか》にはいい妖怪《ようかい》だっているよ」

まことがそんなことをいうと、克也《かつや》がさえぎった。

「妖怪《ようかい》なんて、みんな一緒《いっしょ》じゃねえかー？」

克也《かつや》はたちあがり、得意《とくい》げにいう。

「昨日《きのう》、ぬ〜べ〜んちで超《ちょう》こわい話《はなし》聞《き》いたんだけどさ、あのとなりの部屋《へや》の雪女《ゆきおんな》、ほんとはこの世《よ》を氷《こおり》づけにしようとしてるらしいぜ」

それを聞《き》いたぬ〜べ〜は頭《あたま》をかかえた。

「ぬ〜べ〜、それほんと？」と一人《ひとり》の男子《だんし》が聞《き》く。

「うーん、それはまあ、いってたけど……」

ぬ〜べ〜はみとめた。

「いってたのかよ！」

その生徒《せいと》がおどろくと、克也《かつや》がさらにつづける。

「妖怪《ようかい》なんて、何考《なにかんが》えてるかわかんねえぜ。仲間《なかま》のような顔《かお》して、実《じつ》はおそろしいこと考《かんが》えてるかもしれない。雪女《ゆきおんな》も〝人食《ひとく》いモナリザ〟も、みーんな一緒《いっしょ》!」

それを聞《き》き、まことがたちあがった。

「おい、克也《かつや》! いいかげんにしろよ!」

「へへへっ、ネタだよ、ネタ。マジになんなよ」

「おまえのネタにされたほうの気持《きも》ちも考《かんが》えろよ!」

「ははっ、妖怪《ようかい》の気持《きも》ちになれっていわれてもなあ」

まことと克也《かつや》がいいあいをはじめた。

「二人《ふたり》ともやめろ!」

見《み》かねて、ぬ〜べ〜がとめる。

「そうだよ、いまは〝人食《ひとく》いモナリザ〟の話《はなし》だろ」

広《ひろし》が話《はなし》を戻《もど》すと、生徒《せいと》たちがまた騒《さわ》ぎだした。

「早《はや》く〝人食《ひとく》いモナリザ〟を退治《たいじ》してくれよ」

「そうだそうだ!」と生徒《せいと》たちが妖怪退治《ようかいたいじ》をせがむ。

「わかった。〝人食《ひとく》いモナリザ〟のことはまかせろ！　今夜《こんや》、美術室《びじゅつしつ》に張《は》りこんでみる」

ぬ〜べ〜はそういうしかなかった。

しかし、まことはいぜんとして克也《かつや》をにらみつけたままだった。


放課後《ほうかご》、童守寺《どうもりじ》の境内《けいだい》に、いずなが一人《ひとり》たっていた。

妙《みょう》にそわそわとしておちつきがない。そこへ、愛《あい》と静《しずか》につれられて玉藻《たまも》がやってきた。

玉藻《たまも》は困《こま》ったような顔《かお》をしている。

「いずなさん、つれてきたよー」

その声《こえ》にいずなははっとし、玉藻《たまも》を見《み》て頰《ほお》を赤《あか》くそめた。

「ども……、あの……、私《わたし》の気持《きも》ち、気《き》づいてますよね」

それを聞《き》いて、玉藻《たまも》はため息《いき》をついた。

「はあっ……、もうしわけないんだが、君《きみ》は私《わたし》を誤解《ごかい》している」

「ラブストーリーは、多少《たしょう》の障害《しょうがい》がなくちゃもりあがりません。そう、恋《こい》は誤解《ごかい》からはじまるんです。いまだって玉藻先生《たまもせんせい》を前《まえ》にしただけで、胸《むね》が熱《あつ》くなって……」

いずながはずかしそうに胸《むね》の前《まえ》で指《ゆび》をくむと、体《からだ》のまわりから炎《ほのお》が噴《ふ》きだした。

「アツッ！　アッツ！」

玉藻《たまも》が手《て》をかざして火《ひ》を消《け》す。

「人体自然発火《じんたいしぜんはっか》。君《きみ》には新《あたら》しい能力《のうりょく》が身《み》についたようだ」

「これが恋《こい》の炎《ほのお》なんですね」

「それは、よくわからないが……」

「名《な》づけて、『ラブファイヤー』です」

それだけいうと、いずなは逃《に》げるように去《さ》っていった。

「いったい、私《わたし》は何《なに》をしているんだ……」

玉藻《たまも》は一人《ひとり》つぶやく。

「人間《にんげん》を支配《しはい》するためにやってきたのに、いつしか人間《にんげん》の感情《かんじょう》さえめばえはじめている。ここにいると、人間《にんげん》と妖怪《ようかい》が共存《きょうぞん》できるかのように思《おも》える……」

その視線《しせん》のさきでは、生徒《せいと》たちと妖怪《ようかい》が仲《なか》よく遊《あそ》んでいる。

冷《つめ》たい表情《ひょうじょう》になった玉藻《たまも》は、童守寺《どうもりじ》を去《さ》った。

本堂《ほんどう》の中《なか》には、まことや広《ひろし》、美樹《みき》と郷子《きょうこ》と法子《のりこ》、それにゆきめと妖怪《ようかい》たちがいた。

「克也《かつや》のやつ、なんであんなことというんだよ！」

まことはずっと怒《おこ》っていた。

「悲《かな》しいね。ずっとむかしから、人間《にんげん》と妖怪《ようかい》はわかりあえないんだよね」

まことと克也《かつや》がもめた話《はなし》を聞《き》いたゆきめが、静《しず》かにいった。

「ふつうに人間《にんげん》と一緒《いっしょ》に仲《なか》よくできる妖怪《ようかい》もいるのに」

そこへ、いずながふらりとあらわれた。

さっきのラブファイヤーで、髪《かみ》や服《ふく》が少《すこ》しこげている。

「私《わたし》は、もっと妖怪《ようかい》とわかりあいたいと思《おも》ってるよ……。だから、言葉《ことば》にしなきゃ。いわれっぱなしじゃわかりあえない。いう時《とき》はガツンといわなきゃ……」

いずなのその言葉《ことば》を受《う》け、広《ひろし》がうなずいた。

「そうか、ガツンだよ。克也《かつや》のやつ、調子《ちょうし》にのってるから、みんなでガツンとおしおきしてやろうよ！」

「おしおき？　ダーリンはなんていうかな」

ゆきめは心配《しんぱい》そうに顔《かお》をくもらせた。

その夜《よる》、ぬ～べ～は一人《ひとり》美術室《びじゅつしつ》にいた。

水晶《すいしょう》と数珠《じゅず》を持《も》って、モナリザの絵《え》をにらみつける。

「水晶《すいしょう》にはなんの反応《はんのう》もなしか。〝人食《ひとく》いモナリザ〟、本当《ほんとう》にいるならその姿《すがた》をあらわせ……」

しかし、いつまでたっても何《なに》もおきない。

やがて、ぬ～べ～は眠《ねむ》くなってしまった。

一方《いっぽう》、部屋《へや》でぐっすりと寝《ね》ていた克也《かつや》は、ふいに寒気《さむけ》を感《かん》じて、目《め》を覚《さ》ました。

「さむ、さむ……、うわーっ！」

部屋《へや》の中《なか》に、ゆきめやほかの妖怪《ようかい》たちがいたので、大声《おおごえ》をあげる。

「ガツンと、おしおきしにきた」

ゆきめが口《くち》から冷気《れいき》を発《はっ》しながらいった。

「な、何《なに》いってんだよ……、ひょっとして、しかえしにきたのか。俺《おれ》をこおらせる気《き》か」

すると、アズキあらいの親子《おやこ》が、両側《りょうがわ》から克也《かつや》をはさんだ。

「場合《ばあい》によっては、そうなるかもしれませんな」

アズキあらいの父《ちち》が静《しず》かな声《こえ》でいうと、座敷《ざしき》わらしが克也《かつや》の鼻《はな》をつまんだ。

「ギューッ」

「いたたっ、なんだよ！　やっぱりそうか、妖怪《ようかい》なんてみんな一緒《いっしょ》じゃねえか！　おまえらそうやって人間《にんげん》をおどかして、場合《ばあい》によっちゃ食《く》ったり、こおらせたりして、それがほんとの生《い》きがいなんだろ？　それが妖怪《ようかい》なんだろ？」

克也《かつや》が怒《おこ》りだすと、ゆきめが悲《かな》しげに首《くび》を横《よこ》にふった。

「そんなの、ちがうよ」

「何《なに》がちがうんだよ！　おまえら、ほんと気持《きも》ち悪《わる》いんだよ！　でてけよ！」

「それ、本気《ほんき》でいってる？」

ゆきめはそう聞《き》いた。

「ああ、本気《ほんき》だよ！」

人《ひと》の心《こころ》が読《よ》める妖怪《ようかい》サトリは、じっと克也《かつや》を見《み》つめ、やがてため息《いき》をつく。

本気《ほんき》のようだ。サトリのため息《いき》を見《み》て、ゆきめは答《こた》えを知《し》った。

「あなたとは、わかりあえない」

ゆきめがさびしく冷《つめ》たい表情《ひょうじょう》のまま、壁《かべ》の中《なか》へと消《き》えていくと、ほかの妖怪《ようかい》たちもつづく。克也《かつや》は、その壁《かべ》に枕《まくら》を投《な》げつけた。

「なんなんだよっ！　もう、目《め》え覚《さ》めたっ！」

克也《かつや》の恐怖《きょうふ》はしだいに怒《いか》りへと変《か》わっていった。

翌朝《よくあさ》、美術室《びじゅつしつ》の机《つくえ》につっぷして寝《ね》ていたぬ〜べ〜は、窓《まど》の外《そと》から聞《き》こえる騒々《そうぞう》しい声《こえ》で、はねおきた。

あわててモナリザの絵《え》を見《み》るが、とくに変化《へんか》はない。

急《いそ》いで校庭《こうてい》へと飛《と》びだすと、生徒《せいと》たちがニワトリ小屋《ごや》の前《まえ》にむらがって、大騒《おおさわ》ぎしている。

見《み》ると、小屋《こや》はからっぽになっていた。

ニワトリは一羽《わ》もいない。ふみあらされたようなあとがあり、壁《かべ》に真《ま》っ赤《か》なペンキで、大《おお》きく『I』とかかれていた。

生徒《せいと》たちにまじり、リツコ先生《せんせい》や教頭《きょうとう》もいた。

ぬ〜べ〜は二人《ふたり》のところへいく。

「リツコ先生《せんせい》、これはいったい……」

「三組《くみ》の木村克也君《きむらかつやくん》が、朝《あさ》一番《ばん》で発見《はっけん》しました」

「克也《かつや》?」

見《み》ると、克也《かつや》は少《すこ》しはなれたところにいて、ようすをうかがっていた。

「克也《かつや》の予言《よげん》どおりだ」

一人《ひとり》の生徒《せいと》がそんなことをいいはじめる。

『明日《あした》には学校中《がっこうじゅう》の生《い》き物《もの》が消《き》えて……』

たしかに昨日《きのう》、克也《かつや》はそういっていた。

「〝人食《ひとく》いモナリザ〟のカウントダウンだよ! とうとう『I』になった!」

ほかの生徒《せいと》もおびえてそういった。

リツコがじっとぬ~べ~を見《み》る。

「鵺野先生《ぬえのせんせい》、これは昨日《きのう》までの大《おお》がかりな犯行《はんこう》と、あきらかにスケールがちがうというか……、私《わたし》は、これは妖怪《ようかい》のしわざじゃないと思《おも》うんです」

「ということは?」

「夜《よる》のうちに、ニワトリ小屋《ごや》のカギをこわすぐらい、生徒《せいと》にもできますよね」

「うちの生徒《せいと》が?」

ぬ~べ~が眉《まゆ》をひそめると、リツコは克也《かつや》のところに歩《あゆ》みよった。

「克也君《かつやくん》、いつも遅刻《ちこく》ギリギリでくるあなたが、今日《きょう》は朝一番《あさいちばん》にきて、これを見《み》つけた。どういうこと？」

「え？　何《なに》？」と克也《かつや》はきょとんとした。

「克也《かつや》のいったとおりになるのは、全部《ぜんぶ》おまえが自分《じぶん》でやったからなのか？」

勝《まさる》が克也《かつや》につめよった。

「あんなモナリザの絵《え》とか、机《つくえ》のタワーとかを、俺《おれ》がどうやってやんだよ！」

克也《かつや》が反発《はんぱつ》する。

「でも、これは、あなたにもできる」

リツコはニワトリ小屋《ごや》を指《ゆび》さした。

すると、ぬ～べ～があわててリツコにむきなおる。

「待《ま》ってください、リツコ先生《せんせい》、きっとそれは誤解《ごかい》です」

そこまでいうと、ぬ～べ～は克也《かつや》に目《め》をむけた。

「克也《かつや》、おまえどうして今日《きょう》にかぎって早《はや》くきた？　そんなめずらしいことするから、誤《ご》解《かい》されるんだぞ」

「夜中《よなか》に、うちにきたんだよ……、雪女《ゆきおんな》が」

そういう克也《かつや》を、まことがにらみつけた。

「おい、またでまかせいう気《き》かよ！」

「ホントにきたんだよ！　しかえしにきたんだ。氷《こおり》づけにされるかと思《おも》った。それで眠《ねむ》れなくなって早《はや》く学校《がっこう》にきたら……。あっ！　あいつらが腹《はら》いせに、俺《おれ》に罪《つみ》をなすりつけようとして、この小屋《こや》を荒《あ》らしたのかも……」

「克也《かつや》、いいかげんにしろよ！」

まことがつかみかかろうとした時《とき》、ぬ〜べ〜はふいにあの何者《なにもの》かの視線《しせん》を感《かん》じた。

（まただ……）

視線《しせん》だけでなく、今回《こんかい》は強《つよ》い妖気《ようき》も一瞬《いっしゅんかん》感じた。

しかし次《つぎ》の瞬間《しゅんかん》、広《ひろし》の大声《おおごえ》に、ぬ〜べ〜はわれに返《かえ》った。

「おい、その手《て》はなんだよ！」

まことの胸《むな》ぐらをつかんだ克也《かつや》の手《て》が、赤《あか》いペンキでべっとりとよごれている。

広《ひろし》がそれに気《き》づき、声《こえ》をあげたのだ。

「な、なんだよ、これ！　ちがう！　俺《おれ》じゃない！」

克也《かつや》も、いまはじめて気《き》がついたように、おどろいていた。そして、必死《ひっし》によごれを落《お》とそうとする。

みんなが克也《かつや》のまわりからはなれはじめた。

それを見《み》ていたぬ～べ～が、たまらず声《こえ》をあげる。

「待《ま》ってくれ、みんな！　犯人《はんにん》はたぶん克也《かつや》じゃない！　誤解《ごかい》だ！」

「たぶんってなんですか。何《なに》を根拠《こんきょ》にそういえるんですか？」

教頭《きょうとう》が口《くち》をはさんだ。

「根拠《こんきょ》は……、なんとなくです！」

「はあ？」

「なんとなくですが、かなり確信《かくしん》のあるなんとなくです！」

「いってる意味《いみ》がわかりません！」

「とにかく俺《おれ》に……、俺《おれ》にまかせてください」

「ですが……」

「リツコ先生《せんせい》も、おねがいします」

ぬ～べ～は頭《あたま》をさげた。

「わかりました。はい、みんな、教室《きょうしつ》にはいって！」

リツコがうなずくのを見《み》て、ぬ〜べ〜は克也《かつや》に話《はな》しかけた。

「おまえを信《しん》じていいんだよな。みんなの誤解《ごかい》なんだよな」

「あたりまえだろ。俺《おれ》がこんなこと……。誰《だれ》かが俺《おれ》をおとしいれようとしている」

その言葉《ことば》を聞《き》くと、ぬ〜べ〜は玉藻《たまも》の姿《すがた》を見《み》つけ、近《ちか》よっていった。

「実《じつ》はさっきも強《つよ》い妖気《ようき》を感《かん》じた……。玉《たま》ちゃん、たのむ、一緒《いっしょ》にこの事件《じけん》の犯人《はんにん》を……」

「鵺野先生《ぬえのせんせい》、もう私《わたし》を仲間《なかま》だと思《おも》うのはやめてください」

玉藻《たまも》は冷《つめ》たくあしらった。

「え？」

「私《わたし》は、あなたたちに近《ちか》づきすぎたようだ」

「玉《たま》ちゃん？　どうしたの？」

「私《わたし》は、自分《じぶん》をとりもどさなくてはならない」

それだけいうと、玉藻《たまも》は歩《ある》きさる。

その時《とき》、ぬ〜べ〜の左手《ひだりて》から、とつぜん呼《よ》びだしがきた。

あわててひとけのないところへいくと、左手《ひだりて》の光《ひかり》にすいこまれていった。

◇◇◇◇◇◇◇◇◇◇◇◇◇◇◇◇◇◇異空間《いくうかん》◆◆◆◆◆◆◆◆◆◆◆◆◆◆◆◆◆◆

ここは、ぬ〜べ〜の左手《ひだりて》の中《なか》の世界《せかい》。バキの前《まえ》にどさっと落《お》ちるぬ〜べ〜。

「ずっとだまって聞《き》いてたけどな、おまえ、口《くち》をひらけば誤解《ごかい》、誤解《ごかい》って、おまえは五階《かい》紳士服売《しんしふくう》り場《ば》の店員《てんいん》かっ！　もうめんどくさいからシンプルにいうぞ。『誤解《ごかい》は、ぜったいに生《う》まれる！』そして、『誤解《ごかい》は、ぜったいにとけない！』」

バキが怒鳴《どな》ると、美奈子《みなこ》が顔《かお》をしかめた。

「なんで、そんなことといいきれるの？」

「おまえら人間《にんげん》なんてもんは、『そもそもそういうもの』なんだよ。ちがう国《くに》、ちがう文《ぶん》化《か》、ちがう価値観《かちかん》、他人《たにん》なんてそもそもわかるはずがない。その他人《たにん》に自分《じぶん》を理解《りかい》してもらえると思《おも》ってることじたいが、もう誤解《ごかい》なんだよ！」

「時間《じかん》をかけたら、わかりあえることだってあります！」

美奈子《みなこ》がいいかえした。

「ないねえ。時間《じかん》をかけてわかりあえるなら、世界中《せかいじゅう》からとっくに争《あらそ》いがなくなってるはずだろ？　なぜなくならない？　『そもそもそういうもの』だからだよ」

「そもそもそういうもの……」

ぬ〜べ〜はつぶやく。

「だけど、それじゃなんか悲《かな》しい」と美奈子《みなこ》。

「ふんっ……、おまえはどう思《おも》うんだよ」

バキがぬ〜べ〜を見《み》た。

「わからない。わからないけど……、俺《おれ》は、いつかわかりあえると、信《しん》じたいとは思《おも》う」

それを聞《き》いて、バキと美奈子《みなこ》がまたいいあいをはじめた。

「あのう、そろそろ戻《もど》っていいですか？　いろいろやんないといけないんで」

「おお、いってこい。どうなるか、見《み》といてやるよ」

「鵺野君《ぬえのくん》、応援《おうえん》してるからね」

美奈子《みなこ》の言葉《ことば》にぬ〜べ〜はうなずいた。

◇◇◇◇◇◇◇◇◇◇◇◇◇◇◇◇◇◇◆◆◆◆◆◆◆◆◆◆◆◆◆◆◆◆◆◆

夜《よ》ふけのアパートに、ぬ〜べ〜のきびしい声《こえ》がひびきわたった。

「どうして、そんなことをしたっ！」

夜中《よなか》に克也《かつや》のところにいったゆきめや妖怪《ようかい》たちをしかっているのだ。

みんな、しゅんとうなだれて、座《すわ》っている。

「克也君《かつやくん》に、わかってほしかったの……」

ゆきめが口《くち》をひらいた。

「だけど、うまくいえなくて、こわがられて……」

「こわがられたのは、自分《じぶん》たちにも責任《せきにん》があります」と、アズキあらいがいう。

「妖怪《ようかい》を悪《わる》くいったんで、少《すこ》しこらしめてやろうと……」

アズキあらいの父《ちち》が小《ちい》さくなっていった。

「じゃあ、ニワトリ小屋《ごや》のカギをこわしたのは、おまえたちじゃないんだな」

ぬ〜べ〜が聞《き》くと、みんなはいっせいに首《くび》を横《よこ》にふった。

「そんなことしないよ！　私《わたし》たち、うたがわれてるの？」

「いや、いまは克也《かつや》がうたがわれてる」

ぬ〜べ〜はみんなを見渡《みわた》し、しばらく考《かんが》えた。

そして、ゆっくりと口《くち》をひらく。

「おまえたちの誤解《ごかい》をとくチャンスだな」

しかし、ゆきめはうつむいた。

「もういいよ、無理《むり》だよ」

「またそうやって、人間《にんげん》にかくれて生《い》きていくのか？　たとえ人間《にんげん》と妖怪《ようかい》が、あいいれないものだとしても、もしそこに少《すこ》しでもわかりあえるチャンスがあるなら、あきらめずにトライしてみろっ！」

ぬ〜べ〜は強《つよ》い口調《くちょう》でいった。

すると、ゆきめも妖怪《ようかい》たちも顔《かお》をかがやかせる。

「ダーリンは、やっぱりたよりになる先生《せんせい》なんだね」

「鵺野先生《ぬえのせんせい》っ！」と抱《だ》きつく妖怪《ようかい》たち。

ぬ〜べ〜は、やさしくつつみこむような笑顔《えがお》をみんなにむけた。


その夜《よる》、克也《かつや》は童守高校《どうもりこうこう》へとしのびこんでいた。

うすぐらい校庭《こうてい》を走《はし》り、校舎《こうしゃ》のほうへとむかう。しかし、夜《よ》ふけの高校《こうこう》に侵入《しんにゅう》していたのは彼《かれ》だけではなかった。

「やっぱり、あなたが犯人《はんにん》だったの？」

日中《にっちゅう》、大騒《おおさわ》ぎとなったニワトリ小屋《ごや》のところで、背後《はいご》から女《おんな》の声《こえ》が聞《き》こえ、克也《かつや》はびくっとする。

ふりむくと、そこにはゆきめや妖怪《ようかい》たちがいた。

「ち、ちがうよ！　おまえらこそ、何《なに》しにきたんだよ！」

「あなたと同《おな》じ目的《もくてき》できた」

ゆきめがそういうので、克也《かつや》はきょとんとした。

「同《おな》じ目的《もくてき》？」

「どうやら私《わたし》たち、おしおきする相手《あいて》をまちがえたみたいね。ねえ、一緒《いっしょ》に犯人《はんにん》をつかまえよう。私《わたし》たちも、誤解《ごかい》されたままじゃいられないから」

ゆきめが克也《かつや》を見《み》つめると、アズキあらいの親子《おやこ》が口《くち》をひらく。

「悪《わる》い妖怪《ようかい》ばかりじゃないってこと、あんたに教《おし》えてやらんとね」

「アズキあらってるだけじゃないってところ、見《み》せてやりますよ」

そして、サトリも力強《ちからづよ》くうなずいた。

「でも俺《おれ》、おまえたちのこと……」

克也《かつや》はみんなをじっと見《み》つめた。

すると、ゆきめが微笑《ほほえ》んだ。

「おたがい誤解《ごかい》だったってことでしょ？　いまは、私《わたし》たちの気持《きも》ちは一《ひと》つ」

克也《かつや》も笑《え》みをうかべて、小《ちい》さくうなずく。

その時《とき》、足音《あしおと》がして、もう一人《ひとり》あらわれた。

「どうだ克也《かつや》、たのもしい仲間《なかま》だろ」

「ぬ〜べ〜！」

克也《かつや》は思《おも》わず大声《おおごえ》をあげる。

「おまえは一人《ひとり》じゃない。一緒《いっしょ》に犯人退治《はんにんたいじ》にいこう」

克也《かつや》がうなずくと、さらに別《べつ》の方向《ほうこう》から声《こえ》がした。

「そのミッション、俺《おれ》たちも参加《さんか》させてもらうぜ」

「広《ひろし》、まこと。おまえら、どうして？」

「克也《かつや》、君《きみ》が犯人《はんにん》じゃないとしたら、必《かなら》ずくると思《おも》ってた」

まことがそういうと、広《ひろし》が笑《わら》った。

「ははっ、夜中《よなか》の学校《がっこう》にしのびこむのは、俺《おれ》たちの得意技《とくいわざ》だからな」

つられて克也《かつや》も笑《わら》うと、その輪《わ》にむかって足音《あしおと》がひびいた。

「待《ま》って！　そのミッション、私《わたし》もいきます！」

「リ、リツコ先生《せんせい》！」

「みんなが考《かんが》えることなんておみとおしです。克也君《かつやくん》、うたがってゴメンなさい。あなたの誤解《ごかい》、私《わたし》がといてあげる！」

ヘルメットをかぶり、おおげさな重装備《じゅうそうび》であらわれたリツコがそういうと、一同《いちどう》は校舎《こうしゃ》へとむかっていった。


うすぐらい廊下《ろうか》のすみで、みんなは作戦会議《さくせんかいぎ》をはじめた。

「みんなの力《ちから》をあわせれば、どんな相手《あいて》にも勝《か》てるはずだ」

克也《かつや》が力強《ちからづよ》くいうと、ゆきめがうなずいた。

「チームワークで、犯人《はんにん》をやっつけよう！」

「で、作戦《さくせん》は？」

リツコが冷静《れいせい》に聞《き》くと、「俺《おれ》に考《かんが》えがある」と克也《かつや》がいった。

「いまからぬ〜べ〜を犯人役《はんにんやく》にして、ためしにやってみる」

克也《かつや》はぬ〜べ〜を見《み》やってそういう。

「俺《おれ》が犯人役《はんにんやく》？　いやいや、もっとおいしいところを」

そこまでいいかけたぬ～べ～を、リツコがさえぎった。

「鵺野《ぬえの》先生《せんせい》は、私《わたし》たちの成長《せいちょう》をだまって見《み》ててください！」

「はあい」

ぬ～べ～はしゅんとした。

そして、犯人退治《はんにんたいじ》の予行演習《よこうえんしゅう》がはじまった。

ぬ～べ～は一人廊下《ひとりろうか》を歩《ある》く。犯人役《はんにんやく》として、ゆっくりと。

「こうして犯人《はんにん》がやってきたら、そこにいるサトリさんが、ゆきめさんに念《ねん》を送《おく》る」

廊下《ろうか》の奥《おく》から克也《かつや》が声《こえ》をだすと、ぬ～べ～のわきのところにかくれて座《すわ》っていた妖怪《ようかい》サトリが、ぎゅっと目《め》を閉《と》じた。

すると、克也《かつや》の横《よこ》にいるゆきめに、念《ねん》がとどいた。

「克也君《かつやくん》、きた」とゆきめが小声《こごえ》でいう。

克也《かつや》はスマホに文字《もじ》を打《う》ちこみ、広《ひろし》に送信《そうしん》する。

掃除用具《そうじようぐ》いれにひそんでいる広《ひろし》は、スマホを見《み》て、となりのロッカーにかくれているまことにむかってトントンとたたいた。

広《ひろし》のサインを受《う》けたまことが、アズキあらいの親子《おやこ》に合図《あいず》する。

アズキあらいの親子《おやこ》がものかげから飛《と》びだし、持《も》っていた大量《たいりょう》のアズキを床《ゆか》にぶちまけた。

「のわっ！」

廊下《ろうか》の角《かど》をまがって歩《ある》いてきたぬ～べ～は、ばらまかれたアズキに足《あし》をすべらせた。

すかさず、広《ひろし》とまことが廊下《ろうか》に飛《と》びでて、懐中電灯《かいちゅうでんとう》を正面《しょうめん》からてらしつけた。目《め》つぶしだ。

「わっ、まぶしっ！」

ぬ～べ～は両手《りょうて》で目《め》を覆《おお》った。

その時《とき》、克也《かつや》が大声《おおごえ》をだす。

「最後《さいご》のとどめは、ゆきめさんです！」

「吹雪《ふぶき》で、ワ――――！」

ゆきめが手《て》からもうれつな吹雪攻撃《ふぶきこうげき》をしかけた。

「寒《さむ》い、寒《さむ》い、寒《さむ》いっ！」

ぬ～べ～はたまらず床《ゆか》にうずくまる。

「は〜い、ＯＫ《オーケー》！」

克也《かつや》が両手《りょうて》をパチンとたたいた。

「すごい！　さるかに合戦《がっせん》みたい！　最強《さいきょう》のチームね！」

リツコが興奮《こうふん》した声《こえ》をだすと、その横《よこ》にゆきめがならんでたった。

「私《わたし》たちが相手《あいて》になってやる！」

ゆきめがファイティングポーズをとったその時《とき》だった。

廊下《ろうか》の角《かど》から何者《なにもの》かがぬっと姿《すがた》をあらわした。


「み、みんな、かくれろ！」

ぬ〜べ〜があわてていうが、あらわれた相手《あいて》を見《み》て、みんなはおどろきのあまり一歩《いっぽ》も動《うご》けなくなった。

それは、絵《え》から抜《ぬ》けだしたモナリザだった。

ぶきみに微笑《ほほえ》み、こちらにむかってきている。

一番《ばん》おどろいたのは、克也《かつや》だった。

「ほ、本当《ほんとう》にいたのかよ！」

自分《じぶん》がでっちあげた、妖怪《ようかい》〝人食《ひとく》いモナリザ〟は実在《じつざい》したのだ。

「ひっ……」

気《き》を失《うしな》いそうになったリツコは、ぐっとこらえた。

「だ、大丈夫《だいじょうぶ》、私《わたし》は成長《せいちょう》したの」とつぶやく。

「みんな、俺《おれ》のうしろにさがってろ！」

ぬ～べ～が叫《さけ》ぶと、みんなは背中《せなか》にかくれた。

しかし、ゆきめはぬ～べ～の横《よこ》にならんだ。

「私《わたし》も一緒《いっしょ》に戦《たたか》う！」

「ゆきめ、女《おんな》の子《こ》はヒーローの背中《せなか》を見《み》ておくもんだ」

「ダーリン……」

「〝人食《ひとく》いモナリザ〟が、本当《ほんとう》に存在《そんざい》したとはな」

ぬ～べ～は一歩前《いっぽまえ》にでて、モナリザにたちむかった。

モナリザは口《くち》をかっと開《あ》けた。見《み》るもおそろしい形相《ぎょうそう》になっている。

「おまえには、一《ひと》つだけ感謝《かんしゃ》してる。おまえのおかげで、生徒《せいと》と妖怪《ようかい》たちの誤解《ごかい》がとけた。

だが、俺《おれ》はおまえを許《ゆる》さん！」

ぬ～べ～は手袋《てぶくろ》に手《て》をかけた。

「この一撃《いちげき》は俺《おれ》のうしろにいる、みんなの思《おも》いだ！　覚悟《かくご》しろ！　光明遍照《こうみょうへんじょう》　現威神力《げんいじんりき》　魔界鬼界《まかいきかい》　降伏怨念《こうふくおんねん》　不思議力《ふしぎりき》　悪霊退散《あくりょうたいさん》……バキよ、鬼《おに》の手《て》に力《ちから》を！」

ぬ～べ～はモナリザにむかって走《はし》りだした。

左手《ひだりて》が、かがやきはじめる。

「くらえっ、強制成仏《きょうせいじょうぶつ》！」

モナリザの体《からだ》を鬼《おに》の左手《ひだりて》がつらぬいた。

そのとたん、〝人食《ひとく》いモナリザ〟はかんだかい悲鳴《ひめい》をあげた。

ぎゃあああああああ――――っ

最期《さいご》の叫《さけ》びとともに〝人食《ひとく》いモナリザ〟は成仏《じょうぶつ》した。

「ぬ～べ～！」

克也《かつや》がかけよると、さきにゆきめがぬ～べ～に抱《だ》きつく。

「ダーリン！　かっこよかった！」

「うん……」とうなずきつつ、ぬ～べ～はリツコの視線《しせん》を気《き》にした。

しかし、リツコは微笑《ほほえ》んでいた。

「どうやら私《わたし》たち、まだ鵺野先生《ぬえのせんせい》がいないとだめみたいね」

「あはっ、そういってもらえたら、よかったたっす、リツコ先生《せんせい》」

妖怪《ようかい》たちもぬ〜べ〜のまわりに集《あつ》まる。

その時《とき》、克也《かつや》が妖怪《ようかい》たちにむきあい、あらたまった顔《かお》をした。

「俺《おれ》、みんなにちゃんとあやまらなきゃいけない」

「もういいって」

ゆきめが笑《わら》いながらいうが、克也《かつや》は首《くび》をふった。

「いや、いわなきゃ。みんなのこと、ネタにしたり、でまかせばっかりいって、すみませんでした！」

克也《かつや》は頭《あたま》をさげた。すると、まことがにやにやする。

「その言葉《ことば》も、でまかせじゃないの？」

「ちがう！　本気《ほんき》で、心《こころ》からだ！　わかってもらえないかなあ」

悲《かな》しげにいう克也《かつや》をじっと見《み》ていたサトリが、無言《むごん》でやさしく彼《かれ》の頭《あたま》をなでた。

「わかったって！」

ゆきめがそういってやると、みんなは微笑《ほほえ》んだ。

ぬ〜べ〜が克也《かつや》の肩《かた》をぽんとたたく。

「克也《かつや》、これでわかりあえたな」

「結局《けっきょく》、最後《さいご》はぬ〜べ〜においしいとこ持《も》ってかれたなー」

克也《かつや》は笑《わら》っていった。

「しょうがないだろ、俺《おれ》は……」とぬ〜べ〜が口《くち》をひらくと、その後《ご》はみんなが声《こえ》をそろえる。

「「「そういう男《おとこ》だ！」」」

「でしょ？」

ゆきめがそういうと　ぬ〜べ〜が高《たか》らかに笑《わら》い、みんな笑顔《えがお》になった。

だが、そんな楽《たの》しげなみんなを、屋上《おくじょう》から見《み》おろす怪《あや》しい影《かげ》があった。

影《かげ》の正体《しょうたい》は、白《しろ》い学生服《がくせいふく》をきた少年《しょうねん》である。

「こんなまやかしにだまされるとは……、鵺野鳴介《ぬえのめいすけ》、その程度《ていど》の力《ちから》か……。すぐに解放《かいほう》してあげるよ、バキにいさん」

少年《しょうねん》はニヤリとぶきみに笑《わら》った。

その手《て》は青《あお》い鬼《おに》の手《て》であり、月《つき》の光《ひかり》をあびて、ぶきみにてらてらとかがやいていた。

第《だい》九《きゅう》怪《かい》 転入生《てんにゅうせい》、絶鬼《ぜっき》の巻《まき》

夜《よ》ふけ、時空《じくう》は丘《おか》のうえの天狗塚《てんぐづか》にいた。

地面《じめん》には地《じ》われのあとがあり、木々《きぎ》が散乱《さんらん》している。

「結界《けっかい》がやぶられている……」

時空《じくう》は周囲《しゅうい》を見《み》まわした。あたりには霧《きり》がたちこめている。

重《おも》い足《あし》をひきずるようにし、町《まち》にむかって歩《ある》きだした。

よろめきながらすすむが、その目《め》だけはギラギラとしている。

あせっているのだ。

「早《はや》く、鬼《おに》を見《み》つけなくては……」

その時《とき》、強《つよ》い風《かぜ》が吹《ふ》きぬけた。

次《つぎ》の瞬間《しゅんかん》、青《あお》い光《ひかり》と衝撃《しょうげき》が時空《じくう》をおそった。

「がはっ！　鬼《おに》が、この町《まち》に鬼《おに》が……鳴介《めいすけ》っ……！」

時空《じくう》はうめき声《ごえ》をあげ、その場《ば》にくずれおちた。

風《かぜ》のむこうに、一人《ひとり》の白《しろ》い学生服《がくせいふく》を着《き》た少年《しょうねん》がたち、時空《じくう》を見《み》すえている。

少年《しょうねん》はにやりと笑《わら》うと、歩《ある》きさった。


「おはようございまーす」

職員室《しょくいんしつ》に、ぬ～べ～ののどかなあいさつがひびきわたった。

「ひさしぶりに平和《へいわ》な朝《あさ》ですねえ。みなさん、もう心配《しんぱい》いりません。昨晩《さくばん》、モナリザ事件《じけん》は解決《かいけつ》しました！」

「じゃあ、あんな怪奇現象《かいきげんしょう》は、もうおきないんですね！」

音楽科《おんがくか》の喜屋武先生《きゃんせんせい》が聞《き》くと、ぬ～べ～はうなずいた。

「はい！　犯人《はんにん》はつかまりました」

みんなが口々《くちぐち》によかったというと、教頭《きょうとう》がぬ～べ～のところにやってきた。

「すみません、鵺野先生《ぬえのせんせい》。ゴタゴタしてて、お伝《つた》えするのを忘《わす》れていたんですが、今日《きょう》からあなたのクラスに転入生《てんにゅうせい》がはいることになりました」

「転入生《てんにゅうせい》？」

ぬ〜べ〜がぽかんとすると、教頭《きょうとう》は手《て》まねきをした。

「こっちにおいで、担任《たんにん》の鵺野先生《ぬえのせんせい》だ」

すると、白《しろ》い学生服《がくせいふく》の生徒《せいと》が近《ちか》づいた。

「おはようございます。よろしくおねがいします」

生徒《せいと》はさわやかにあいさつした。少年《しょうねん》のようにかわいい顔《かお》だちをしている。

「あ、よろしく」

ぬ〜べ〜が握手《あくしゅ》をしようと右手《みぎて》をさしだすと、その生徒《せいと》は左手《ひだりて》をだした。

一瞬《いっしゅん》とまどったぬ〜べ〜は左手《ひだりて》で握手《あくしゅ》する。

「鵺野《ぬえの》だ。『ぬ〜べ〜』って呼《よ》ばれてる」

ぬ〜べ〜は笑顔《えがお》でいうが、生徒《せいと》は無言《むごん》でじっと鬼《おに》の手《て》を見《み》つめていた。

(そこにいるんだね、バキにいさん……)

「えーと、君《きみ》の名前《なまえ》は？」とぬ〜べ〜が聞《き》く。

「鬼《おに》を絶《た》やすと書《か》いて、ゼッキです」

バキの弟《おとうと》である『絶鬼《ぜっき》』はそう答《こた》えた。

「というわけで、転入生《てんにゅうせい》の絶鬼君《ぜっきくん》だ」

ぬ〜べ〜が絶鬼《ぜっき》を生徒《せいと》たちに紹介《しょうかい》すると、すかさず克也《かつや》が大声《おおごえ》をだした。

「じゃ、あだ名《な》は『ゼッキー』ということで！」

「センスねえ」と生徒《せいと》たちが笑《わら》うと、絶鬼《ぜっき》も笑顔《えがお》になった。

「みんな、いろいろと教《おし》えてあげてくれ」

ぬ〜べ〜がそういったとたん、広《ひろし》がたずねる。

「ぬ〜べ〜、いろいろってことは、あのことも教《おし》えていいのかな」

「あのこと？」

「だから、ぬ〜べ〜クラスの秘密《ひみつ》だよ」

「あー、それか……」となやむぬ〜べ〜。

「っていうか、いっても信《しん》じないでしょ」

郷子《きょうこ》がつぶやくと、ぬ〜べ〜のほうをじっとみつめていた絶鬼《ぜっき》が口《くち》をひらく。

「なんのことですか？」

ぬ〜べ〜が答《こた》えに困《こま》ると、美樹《みき》がたちあがった。

「ねえ、ゼッキーは、妖怪《ようかい》とか信《しん》じるタイプ？」

「妖怪《ようかい》って、カッパとか天狗《てんぐ》とか？」

絶鬼《ぜっき》はすぐさま返事《へんじ》をした。

「お！　食《く》いついた！」と克也《かつや》。

「あと、一《ひと》つ目《め》小僧《こぞう》とか、雪女《ゆきおんな》とかアズキあらいとか？」

「え？　君《きみ》も好《す》きなの？」

まことが身《み》をのりだした。

「うん。でも、一番《ばん》好《す》きなのは、鬼《おに》！」

絶鬼《ぜっき》の言葉《ことば》に、みんなは思《おも》わず拍手《はくしゅ》する。

「はい、ようこそ、ぬ〜べ〜クラスへ！」

克也《かつや》がにこやかにいうと、ぬ〜べ〜も安心《あんしん》した笑顔《えがお》で手《て》をたたいた。

「実《じつ》は、この町《まち》、妖怪《ようかい》がよくでるんだ」

まことのその話《はなし》に、絶鬼《ぜっき》は興味《きょうみ》ぶかそうな顔《かお》をした。

「へえー、こわくないの？」

「こわい妖怪《ようかい》もいるけど、そこはわれらがヒーロー、ぬ〜べ〜が守《まも》ってくれるの！」

美樹《みき》が得意《とくい》げにいう。

「ぬ〜べ〜の鬼《おに》の手《て》は、無敵《むてき》なんだよ」と法子《のりこ》もつづいた。

「そうなんですか」

絶鬼《ぜっき》は感心《かんしん》した顔《かお》でぬ〜べ〜を見《み》つめた。

「その水晶《すいしょう》が、妖怪《ようかい》の妖気《ようき》を感《かん》じるアンテナなんだよ」

まことが教卓《きょうたく》のうえの水晶《すいしょう》を指《ゆび》さすと、絶鬼《ぜっき》がつかつかと歩《あゆ》みよる。

「見《み》せてもらっていいですか」

絶鬼《ぜっき》は水晶玉《すいしょうだま》を手《て》にとった。

水晶《すいしょう》はなんの反応《はんのう》もなく、静《しず》かに眠《ねむ》っているようだった。

おだやかな笑顔《えがお》で絶鬼《ぜっき》を見《み》るぬ〜べ〜。絶鬼《ぜっき》も、じっとぬ〜べ〜を見《み》かえした。

(自己紹介《じこしょうかい》でいいわすれたけど、僕《ぼく》の特技《とくぎ》は、完全《かんぜん》に妖気《ようき》を消《け》せること。僕《ぼく》の正体《しょうたい》には誰《だれ》も気《き》づかない。こんな水晶《すいしょう》なんかでは……)


休《やす》み時間《じかん》になり、まことや法子《のりこ》たちは絶鬼《ぜっき》のまわりに集《あつ》まった。

まことが妖怪図鑑《ようかいずかん》を見《み》せながら、話《はな》しはじめる。

「家庭科室《かていかしつ》ででたのがこの〝雲外鏡《うんがいきょう》〟で、美樹《みき》がとりつかれたのがこの〝影愚痴《かげぐち》〟」

「ホントに？　すごいなあ！」

絶鬼《ぜっき》は目《め》をまるくした。

「でも、ぬ〜べ〜がいなかったら、私《わたし》たち、こうやって笑《わら》い話《ばなし》にできてないよね」

法子《のりこ》がしみじみという。

「うん、ぬ〜べ〜がたすけてくれて、それでぼくたち、ちょっと成長《せいちょう》できたみたいなところもあるもんね」

まことがうれしそうに話《はな》すと、法子《のりこ》が付《つ》けたす。

「ぬ〜べ〜は、強《つよ》いだけじゃなくて、やさしいから」

「ふうん、そうなんだ……」

絶鬼《ぜっき》はうなずいた。

(やさしさ、仲間《なかま》、友情《ゆうじょう》……。君《きみ》たちの笑顔《えがお》にはムシズが走《はし》るよ。本当《ほんとう》に美《うつく》しいのは、恐怖《きょうふ》にゆがむ顔《かお》だ。仲間同士《なかまどうし》があらそう姿《すがた》……。さあ、そろそろ開幕《かいまく》としよう)

絶鬼《ぜっき》はまことの妖怪図鑑《ようかいずかん》に視線《しせん》を落《お》とす。そこは、〝青鬼《あおおに》〟のページだった。

静《しず》かに目《め》を閉《と》じる絶鬼《ぜっき》。

次《つぎ》の瞬間《しゅんかん》、カッと目《め》をひらくと、近《ちか》くにいる広《ひろし》と郷子《きょうこ》をはげしくにらみつけた。

「ぐわっ！」

広《ひろし》はふいに顔《かお》を押《お》さえた。

「どうしたの、広《ひろし》……、うっ！」

郷子《きょうこ》はがくっとのけぞった。

くるしむ二人《ふたり》は、手《て》からだんだんと色《いろ》が変《か》わりはじめ、顔《かお》も青《あお》くなっていった。

頭《あたま》からは角《つの》がはえ、やがて青鬼《あおおに》と化《か》した。

二人《ふたり》はけもののようにほえ、周囲《しゅうい》の生徒《せいと》たちをおそいはじめる。

「ウオー―――――ッ！」

おそわれた生徒《せいと》が、次々《つぎつぎ》と青鬼《あおおに》に変身《へんしん》しだした。

「まこと君《くん》、青鬼《あおおに》だっ！」

絶鬼《ぜっき》がわざとおびえたようにいうと、まことが走《はし》りだした。

「ぬ、ぬ～べ～を呼《よ》んでくる！」

それを見《み》て、絶鬼《ぜっき》はニヤリとした。

職員室《しょくいんしつ》で、リツコはぬ〜べ〜を見《み》つめていた。

ぬ〜べ〜は、自分《じぶん》の席《せき》で、おだやかな水晶玉《すいしょうだま》に目《め》をやっている。

リツコはふいにたちあがると、覚悟《かくご》をきめた顔《かお》で声《こえ》をかけた。

「鵺野《ぬえの》先生《せんせい》、お話《はなし》があるんですが、理科室《りかしつ》でいいですか」

「え？　ここじゃできない話的《はなしてき》な……ですか？　わかりました」

ぬ〜べ〜がたちあがった時《とき》、そこへ血相《けっそう》を変《か》えたまことがかけこんできた。

「たいへんだ！　いま、教室《きょうしつ》で！」

「ん！　すみません、リツコ先生《せんせい》。お話《はなし》は後《あと》で！」

まことのあわてぶりから状況《じょうきょう》を察《さっ》したぬ〜べ〜は、走《はし》りだす。

リツコは走《はし》りさっていくぬ〜べ〜の背中《せなか》を、心配《しんぱい》そうにじっと見《み》ていた。


教室《きょうしつ》の中《なか》では、すでに生徒《せいと》の半数《はんすう》が青鬼《あおおに》になっていた。

青鬼《あおおに》たちは、克也《かつや》と美樹《みき》を教室《きょうしつ》のすみに追《お》いつめている。

「ど、どうしちゃったんだよ、おまえたち！」

「やめて、郷子《きょうこ》！　目《め》を覚《さ》まして！」

克也《かつや》と美樹《みき》はおろおろとしていた。その顔《かお》は恐怖《きょうふ》でひきつっている。

その横《よこ》には、絶鬼《ぜっき》もたっていた。

この事態《じたい》をひきおこした張本人《ちょうほんにん》、絶鬼《ぜっき》はおびえたふりをしている。しかし、内心《ないしん》ではワクワクとしていた。

(これだ、恐怖《きょうふ》と混乱《こんらん》のかなでるこのハーモニー。君《きみ》たちはいま、とても美《うつく》しい……)

そこへぬ〜べ〜が飛《と》びこんでくる。

「ぬ〜べ〜！　たすけて！」

美樹《みき》が叫《さけ》んだ。

青鬼《あおおに》たちはいっせいにぬ〜べ〜のほうをふりむき、けだもののようにほえた。

「俺《おれ》の生徒《せいと》をこんな姿《すがた》に……。いったい誰《だれ》が」

ぬ〜べ〜は、手袋《てぶくろ》に手《て》をかける。

そのようすを絶鬼《ぜっき》がじっと見《み》ていた。

「どうするの、ぬ〜べ〜？」とまことが聞《き》く。

「心配《しんぱい》ない。誰《だれ》かに妖術《ようじゅつ》をかけられてるだけだ。みんな、いま、妖術《ようじゅつ》をといてやる！」

ぬ〜べ〜が手袋《てぶくろ》をはずすと、絶鬼《ぜっき》はその鬼《おに》の手《て》に視線《しせん》をやった。

青鬼《あおおに》たちがジリジリとぬ〜べ〜にせまる。

「光明遍照《こうみょうへんじょう》　現威神力《げんいじんりき》　魔界鬼界《まかいきかい》　降伏怨念《こうふくおんねん》　不思議力《ふしぎりき》　悪霊退散《あくりょうたいさん》！」

鬼《おに》の手《て》をかざすと、金色《きんいろ》の光《ひかり》が青鬼《あおおに》をつつんだ。

まばゆい光《ひかり》につつまれた青鬼《あおおに》たちは、だんだんと元《もと》の姿《すがた》にもどっていく。

「あれ？　何《なに》してたんだっけ、俺《おれ》……」

広《ひろし》はぼーっとしていた。

郷子《きょうこ》やほかの生徒《せいと》たちも、元《もと》にもどると、ぼんやりとしていた。

「もうっ、郷子《きょうこ》！　まじでこわかったんだから！」

美樹《みき》が半《はん》べそをかきながら、叫《さけ》んだ。

「おまえ、急《きゅう》に変身《へんしん》すんなよーっ！」

克也《かつや》が広《ひろし》にむかっておこったようにいう。

「変身《へんしん》？　なんのこと？」

青鬼《あおおに》になっていた生徒《せいと》たちは、誰一人《だれひとり》として、何《なに》がおきたのか覚《おぼ》えていなかった。やがて、みんなの間《あいだ》におちつきが戻《もど》った。

それを見《み》ていたぬ〜べ〜はやさしい笑《え》みをうかべる。

「見《み》たでしょ、あれがぬ～べ～の鬼《おに》の手《て》。私《わたし》たちを守《まも》ってくれるやさしい手《て》なの」

法子《のりこ》が絶鬼《ぜっき》にむかっていった。

「ぬ～べ～は、守《まも》るものがあるから強《つよ》いんだ」

まことが話《はな》すと、絶鬼《ぜっき》はぬ～べ～のところにいった。

「鬼《おに》の手《て》、すごい力《ちから》ですね」

絶鬼《ぜっき》が感心《かんしん》したように鬼《おに》の手《て》を見《み》る。

「大丈夫《だいじょうぶ》だったか？　転入《てんにゅう》してきたばかりなのに、びっくりさせたな。おまえのことも、この手《て》で守《まも》ってやる！」

ぬ～べ～は左《ひだり》で拳《こぶし》を握《にぎ》りしめ、ポーズをきめた。

(守《まも》るものがあるから強《つよ》い？　そんなものは本当《ほんとう》の強《つよ》さじゃない。バキにいさん、いいのかい？　鬼《おに》の力《ちから》を、こんな生《なま》ぬるい使《つか》われかたをして……正直《しょうじき》、がっかりだよ)

絶鬼《ぜっき》はぬ～べ～の左手《ひだりて》をいつまでも見《み》つめていた。

◇◇◇◇◇◇◇◇◇◇◇◇◇◇◇◇◇異空間《いくうかん》◆◆◆◆◆◆◆◆◆◆◆◆◆◆◆◆◆

ここは、ぬ～べ～の左手《ひだりて》の中《なか》の世界《せかい》。バキはその空間《くうかん》に封《ふう》じこめられ、手足《てあし》をくさりでしばられている。

「なんか、感《かん》じねえか？」

バキがむくりと体《からだ》をおこし、美奈子《みなこ》のほうをむいた。

「うん、鵺野君《ぬえのくん》の身《み》に、危険《きけん》がせまっているような……」

「なんだろなあ、このムカムカするような、ワクワクするような、なつかしい感《かん》じ」

バキは目《め》を閉《と》じて、大《おお》きく息《いき》をすった。

「外《そと》で、何《なに》がおきてるんだろう」

美奈子《みなこ》の表情《ひょうじょう》は心配《しんぱい》そうだった。

◇◇◇◇◇◇◇◇◇◇◇◇◇◇◇◇◇◇◆◆◆◆◆◆◆◆◆◆◆◆◆◆◆◆◆◆◆

ぬ～べ～とリツコは、二人《ふたり》きりで理科室《りかしつ》にいた。

「リツコ先生《せんせい》、お話《はなし》ってなんですか？」

「こんなこと、とつぜんいいだして変《へん》なのはわかってます。でも、私《わたし》、霊感《れいかん》とか、女《おんな》の勘《かん》とか、まったくないけど……、鵺野先生《ぬえのせんせい》のことを見《み》てたら、急《きゅう》に不安《ふあん》になって」

「あはっ……たよりなくて、すみません」

ぬ〜べ〜は頭《あたま》をかき、弱々《よわよわ》しく笑《わら》ってみせた。

「そうじゃなくて……」

「たしかに、ここんとこ、変《へん》な事件《じけん》があいついでいます。まるで妖気《ようき》を消《け》せる妖怪《ようかい》が敵《てき》のような……。でも、どんなやつが相手《あいて》でも、俺《おれ》はこの学校《がっこう》を守《まも》ってみせます！」

ぬ〜べ〜は笑顔《えがお》でいう。

しかしリツコはくちびるをふるわせ、おもいきってこういった。

「もう、危険《きけん》な目《め》にあってほしくないんです！」

「えっ？」

「鵺野先生《ぬえのせんせい》のことが、心配《しんぱい》なんです」

「リツコ先生《せんせい》……」

二人《ふたり》、しばし見《み》つめあった。

「もちろん、生徒《せいと》のことは守《まも》ってほしいし、でも……」

リツコはいいかけて言葉《ことば》を切《き》った。

「でも……？」

ぬ〜べ〜が話《はなし》のさきをうながすが、リツコは迷《まよ》っていた。話《はな》すべきかどうかを。

しかし、自分《じぶん》の思《おも》いを打《う》ちけすように、首《くび》を横《よこ》にふった。

「ごめんなさい。いまのこと、忘《わす》れてください……」

そういいのこし、逃《に》げるようにリツコは理科室《りかしつ》をでていった。


童守寺《どうもりじ》の境内《けいだい》で、いずなは竹《たけ》ぼうきを使《つか》ってそうじをしていた。

(胸騒《むなさわ》ぎがする。これも恋《こい》？　ちがう、もっとなんか……)

人《ひと》のけはいがしてふりむくと、疲《つか》れきった顔《かお》をした時空《じくう》がつえをついてそこにいた。たっているのがやっとという感《かん》じだ。

寺《てら》にたどりついて力《ちから》つきたのか、時空《じくう》はその場《ば》にくずれおちた。

「じ、時空《じくう》ちゃん！　どうしたの？」

いずなはあわててかけより、時空《じくう》をかかえあげた。

少《すこ》しはなれたところにいた和尚《おしょう》が、血相《けっそう》を変《か》えて走《はし》る。

しかし、何《なに》もできず、おろおろしているだけだった。

「しっかりして、時空《じくう》ちゃん！」

いずなが叫《さけ》ぶと、時空《じくう》は弱々《よわよわ》しく目《め》を開《あ》けた。

「鬼《おに》が……、この町《まち》に……」

うわごとのようにつぶやく。

「えっ、何《なに》？」

「急《いそ》がなくては……、お、鬼《おに》が」

「鬼《おに》？」

「いずな！　鵺野《ぬえの》先生《せんせい》を！」

和尚《おしょう》がやっと声《こえ》をだす。

「うん、呼《よ》んでくる！」

いずながかけだそうとすると、その腕《うで》をつかみ、時空《じくう》が口《くち》をひらいた。

「やめろっ。やつのことなど、放《ほう》っておけ……」

「ほっといてほしいなら、なんでここにきたの！」

いずなは叫《さけ》んだ。

時空《じくう》はいずなから目《め》をそらし、顔《かお》を横《よこ》にむけるとわずかにうなずいた。

「つたく、めんどくさいオヤジだよ！　いま、呼《よ》んでくるからね！」

いずなは走《はし》りだした。

とおりをまがったところで、ゆきめとはちあわせする。

ゆきめはぬ〜べ〜の身《み》に危険《きけん》がせまっているのではと、悪《わる》い予感《よかん》がしていた。

あわてて童守高校《どうもりこうこう》にむかおうとして、いずなとばったりでくわしたのである。

そこで二人《ふたり》、顔《かお》を見《み》あわせて、息《いき》をととのえた。

「おちつこう……。そう、鵺野先生《ぬえのせんせい》のお父《とう》さんがたいへんなの！」

いずなの言葉《ことば》に、ゆきめはおどろいた。

「私《わたし》、先生《せんせい》を呼《よ》んでくるから、ゆきめさんはお寺《てら》に！」

「……わかった！」

いずなは高校《こうこう》へ、ゆきめは童守寺《どうもりじ》へと、それぞれかけだした。


そのころ、玉藻《たまも》が家庭科室《かていかしつ》に一人《ひとり》でいると、ぬ〜べ〜がやってきた。手《て》には弁当《べんとう》をぶらさげている。

「見《み》ーっけ！　玉《たま》ちゃん、昼休《ひるやす》みに一緒《いっしょ》に弁当食《べんとうく》おうっていったじゃん」

なれなれしく声《こえ》をかけるぬ〜べ〜を見《み》て、玉藻《たまも》はためいきをついた。

「鵺野先生《ぬえのせんせい》、私《わたし》に近《ちか》づくなといったはずです」

「そんな、さびしいことというなよ」

「私《わたし》たちはコンビでも友《とも》だちでもない、人間《にんげん》と妖怪《ようかい》、本来《ほんらい》は敵同士《てきどうし》です」

その時《とき》、真《ま》っ青《さお》な顔《かお》をしていずなが走《はし》ってきた。

「どうした、いずな」

ぬ～べ～はいずなの顔《かお》を見《み》て、ただならぬことがおきていることをさとった。

「時空《じくう》ちゃんがたおれた！　いま、お寺《てら》にゆきめさんにいってもらってる。鵺野先生《ぬえのせんせい》も、急《いそ》いでいってあげて」

いずなは、はあはあと荒《あら》い息《いき》をしながらそう告《つ》げた。

しかし、ぬ～べ～はそっぽをむく。

「俺《おれ》には関係《かんけい》ない。あいつがたおれようが、どこでのたれ死《じ》のうが、関係《かんけい》ない」

「関係《かんけい》ないわけないじゃん、親子《おやこ》でしょ！　ちょっと、玉藻先生《たまもせんせい》からもいってあげてください」

「悪《わる》いが、私《わたし》にはもっと関係《かんけい》のないことだ」

玉藻《たまも》は冷《つめ》たくいった。

「俺《おれ》は、あいつが母《かあ》さんにそうしたように、あいつを見《み》すてる」

ぬ～べ～がそういうと、玉藻《たまも》がぽつりといった。

「でも、彼《かれ》はあなたを見《み》すてませんでしたよ」

「はあ？」

「〝怪人赤《かいじんあか》マント〟の悪夢《あくむ》からあなたを救《すく》ったのは、時空《じくう》なんですよ」

「あいつが？」

それは、はじめて知《し》った事実《じじつ》だった。

震《ふる》える拳《こぶし》を握《にぎ》りしめ、ぬ～べ～はなやんだ。

「ほら、時空《じくう》ちゃんは待《ま》ってんだよ。早《はや》く、いってきなって！」

いずなに背中《せなか》を押《お》されたように、ぬ～べ～はもうぜんと走《はし》りだした。

「まったく、めんどくさい親子《おやこ》だよ」

いずなはやれやれと息《いき》をついて座《すわ》りこむと、玉藻《たまも》を見《み》た。

玉藻《たまも》は静《しず》かに窓《まど》を開《あ》けている。窓《まど》の外《そと》から風《かぜ》が吹《ふ》きこんでいる。

「玉藻先生《たまもせんせい》……、ありがとう」

玉藻《たまも》がぴくりと頬《ほお》を動《うご》かした時《とき》、一人《ひとり》の生徒《せいと》があらわれた。

それは絶鬼《ぜっき》だった。

にっこりと笑《わら》いながら、二人《ふたり》のところに近《ちか》づいた。

「はじめまして。焦熱地獄《しょうねつじごく》から転入《てんにゅう》してきた、絶鬼《ぜっき》です。鵺野鳴介《ぬえのめいすけ》の左手《ひだりて》に封印《ふういん》されたバキの弟《おとうと》です」

「何《なに》をいってるんだ？」

玉藻《たまも》が顔《かお》をくもらせると、絶鬼《ぜっき》はいやらしい笑《え》みをうかべた。

「玉藻先生《たまもせんせい》、人間《にんげん》ごっこは楽《たの》しいですか？」

その言葉《ことば》を聞《き》き、玉藻《たまも》といずなはびっくりした。

「妖狐《ようこ》の玉藻《たまも》が人間《にんげん》に感謝《かんしゃ》されるなんて、みっともないなぁ」

絶鬼《ぜっき》は急《きゅう》に口調《くちょう》を変《か》えて、玉藻《たまも》の肩《かた》にぽんと手《て》をおくと、つづけていった。

「君《きみ》の目的《もくてき》はこんなことじゃないはずだよ」

「ちょっと、少年《しょうねん》！　さっきから何《なに》、その口《くち》のきき方《かた》は！」

いずながたちあがっていうと、絶鬼《ぜっき》はかっと目《め》をみひらいた。

次《つぎ》の瞬間《しゅんかん》、いくつもの青鬼《あおおに》の手《て》がどこからともなくのびてきて、いずなの首《くび》や肩《かた》につかみかかった。

「キャッ！　なんなのこれ！」

青鬼《あおおに》の手《て》は爪《つめ》をたて、ぎゅっとしめつける。

「ちょ……ぐっ……ちょっとやめて……」

いずなは身動《みうご》きできず、苦痛《くつう》で顔《かお》をゆがめた。

「君《きみ》も好《す》きなはずだ、人間《にんげん》のもがきくるしむ、あの声《こえ》が……」

絶鬼《ぜっき》が笑《わら》いながら玉藻《たまも》を見《み》やる。

玉藻《たまも》はおののいた。絶鬼《ぜっき》の強烈《きょうれつ》な妖気《ようき》に圧倒《あっとう》されている。

「忘《わす》れていたんじゃない？　悪《あく》の華《はな》にこそ本当《ほんとう》の美《うつく》しさはやどるってことを」

絶鬼《ぜっき》は得意《とくい》げに話《はな》しつづけた。

「何《なに》が悪《あく》の華《はな》だっ。くっ、咲《さ》かせてやるよ恋《こい》の華《はな》、ラブファイヤー！」

いずなが歯《は》を食《く》いしばると、周囲《しゅうい》に炎《ほのお》が噴《ふ》きあがる。

その瞬間《しゅんかん》、青鬼《あおおに》の手《て》は消《き》えた。

「おおっ、やるじゃん、おねえさん！」

絶鬼《ぜっき》はむじゃきな顔《かお》で拍手《はくしゅ》した。

「でも、まだ話《はなし》のとちゅうだから、ちょっとだまってて！」

絶鬼《ぜっき》が手《て》をふりかざすと、青鬼《あおおに》の手《て》が今度《こんど》は足元《あしもと》からのびて、いずなをひきずりたおした。

「ぎゃっ！」

「ねえ、僕《ぼく》とくまない？　君《きみ》も鵺野鳴介《ぬえのめいすけ》をたおしたいんだろ？」

絶鬼《ぜっき》が玉藻《たまも》をまじまじと見《み》つめた。

玉藻《たまも》も彼《かれ》のすきとおるような瞳《ひとみ》を見《み》つめかえす。

「守《まも》るものがあるから強《つよ》いとかいってるあいつに、本当《ほんとう》の強《つよ》さを見《み》せてやろうよ。あいつをたおして、バキにいさんを解放《かいほう》するんだ」

「鵺野先生《ぬえのせんせい》が、おまえみたいな……やつに……」

たおれたいずなが、くるしげに声《こえ》をしぼりだした。

絶鬼《ぜっき》はちらっといずなを見《み》やるが、興味《きょうみ》なさそうな顔《かお》をし、ふたたび玉藻《たまも》にむきなおった。

「どう？　一緒《いっしょ》にやってみない？　もう人間《にんげん》ごっこにあきあきしてるんでしょ」

玉藻《たまも》は無言《むごん》で、何《なに》かを考《かんが》えるように遠《とお》くを見《み》つめた。

（あの一瞬《いっしゅん》の妖気《ようき》だけでわかる……。とてもじゃないが、かなう相手《あいて》ではない）

「待《ま》ってるよ」

絶鬼《ぜっき》は軽《かる》く微笑《ほほえ》むと、きびすをかえしてたちさった。

「玉藻先生《たまもせんせい》……鵺野先生《ぬえのせんせい》を……たすけ……ないと……」

ようやく青鬼《あおおに》の手《て》が消《き》えたが、首筋《くびすじ》や腕《うで》、足《あし》には無数《むすう》の傷《きず》がある。

玉藻《たまも》はいずなをしばらく見《み》て、その言葉《ことば》に何《なに》も答《こた》えず、去《さ》っていった。

「たまもせんせ……」

いずなは声《こえ》もだせず、遠《とお》くなる背中《せなか》を見送《みおく》っていた。


そのころ、童守寺《どうもりじ》の本堂《ほんどう》では、苦《くる》しげに寝《ね》ている時空《じくう》の枕元《まくらもと》にゆきめと和尚《おしょう》がいて看病《かんびょう》していた。

和尚《おしょう》がぬれた手《て》ぬぐいをゆきめに渡《わた》す。すると、ゆきめは手《て》ぬぐいに息《いき》を吹《ふ》きかけて冷《つめ》たくし、時空《じくう》のひたいにあてた。

時空《じくう》がうっすらと目《め》をひらく。

「おまえは、たしか……」

「鳴介《めいすけ》さんのフィアンセ、雪女《ゆきおんな》のゆきめです」

「あのう、自称《じしょう》みたいですけどね、フィアンセってのは」

横《よこ》から和尚《おしょう》がそういった。

「私《わたし》にできることがあったら、なんでもいってください」

ゆきめがいうと、時空《じくう》は少《すこ》しくちびるをゆがめた。笑《わら》っているようにも見《み》える。

「鳴介《めいすけ》のまわりには、おせっかいばかりが集《あつ》まるようだ……」

「それは、鳴介《めいすけ》さんがやさしいからです。鳴介《めいすけ》さんが太陽《たいよう》みたいにてらしてくれるから、まわりのみんなもやさしくなれるんです」

「やさしさか……。私《わたし》はあいつに、やさしさのカケラも教《おし》えられなかった」

「鳴介《めいすけ》さんの子供《こども》のころの話《はなし》、聞《き》かせてください。ダーリンはむかしのこと、ぜんぜん話《はな》してくれないから」

その時《とき》、ぬ～べ～が話《はなし》をさえぎるようにかけつけてきた。

「ゆきめ、そんな話《はなし》、聞《き》く必要《ひつよう》などない」

ぬ～べ～を見《み》るや、時空《じくう》はおきあがろうとする。弱《よわ》い姿《すがた》を見《み》せたくないようだ。

「たおれたと聞《き》いてきたが、よけいなおしゃべりをする元気《げんき》があるようだな」

きたばかりなのに、ぬ～べ～は帰《かえ》ろうとした。

「ダーリン、待《ま》って！」

ゆきめのその声《こえ》に、ぬ〜べ〜はたちどまった。

『わかりあえるチャンスをあきらめちゃいけない』。このまえ、鵺野先生《ぬえのせんせい》がそう教《おし》えてくれた」

「……」

「今度《こんど》は、自分《じぶん》の番《ばん》だよ」

和尚《おしょう》が時空《じくう》をおこそうと手《て》を貸《か》す。

しかし、時空《じくう》はその手《て》をふりはらい、自力《じりき》でたちあがった。

ぬ〜べ〜と時空《じくう》、親子《おやこ》がむかいあう中《なか》、和尚《おしょう》とゆきめはそっとその場《ば》を後《あと》にした。

「なぜ、母《かあ》さんを見《み》すてた」

ぬ〜べ〜がおもむろに口《くち》をひらくと、時空《じくう》はゆっくりと語《かた》りだす。

「あの時《とき》、すでに母《かあ》さんは不治《ふじ》の病《やまい》におかされていた。病《やまい》のまえに私《わたし》の霊能力《れいのうりょく》などなんの役《やく》にもたたず、どうしてやることもできなかった」

「大切《たいせつ》な人《ひと》も救《すく》えない力《ちから》なんて、なんの意味《いみ》があるんだっ！」

「そのとおりだ。母《かあ》さんを失《うしな》い、自分《じぶん》の無力《むりょく》さを感《かん》じ、絶望《ぜつぼう》の底《そこ》で私《わたし》は……、人《ひと》の心《こころ》さえ失《うしな》った。信《しん》じられるのは金《かね》だけだと思《おも》った。そして、ただひたすらにおのれの力《ちから》をみがく道《みち》をえらんだ。それが、あやかし封《ふう》じの旅《たび》だ」

「たった一人《ひとり》で日本中《にほんじゅう》の妖怪封《ようかいふう》じの旅《たび》を？」

「しかし、私《わたし》も老《お》いた。やがてたどりついたこの町《まち》で、私《わたし》の結界《けっかい》はやぶられた。一度《ど》目《め》は妖狐《ようこ》の玉藻《たまも》」

「……」

「そしてまた、新《あら》たな鬼《おに》によって鬼門《きもん》がひらかれた。その鬼《おに》の力《ちから》はこれまでの妖怪《ようかい》とはケタちがいだ。まともに戦《たたか》えば勝《か》ちめはない。鬼《おに》を天狗塚《てんぐづか》につれもどすしか術《すべ》はない」

「つれもどす？」

「ああ。だが、私《わたし》にはもはや時間《じかん》がない。鳴介《めいすけ》、ともに鬼《おに》をたおすために……」

そこで時空《じくう》ははげしくせきこんだ。

「わかった。ただ、俺《おれ》は、俺《おれ》の力《ちから》で、その鬼《おに》をたおす」

ぬ～べ～は冷《つめ》たい目《め》で見《み》おろした。

◇◇◇◇◇◇◇◇◇◇◇◇◇◇◇◇◇◇異空間《いくうかん》◆◆◆◆◆◆◆◆◆◆◆◆◆◆◆◆◆◆

ここは、ぬ～べ～の左手《ひだりて》の中《なか》の世界《せかい》。

とつぜん呼《よ》びだされたぬ〜べ〜は、めずらしくバシッと着地《ちゃくち》をきめた。

「わ、みごとな着地《ちゃくち》！　成長《せいちょう》したね」

美奈子《みなこ》がにこやかにいうが、ぬ〜べ〜はけわしい顔《かお》をしていた。

「バキ、今日《きょう》は時間《じかん》がない。なんの用《よう》だ？」

「おまえさあ、自分《じぶん》の力《ちから》で鬼《おに》をたおすとかいってたな。なんかかんちがいしてんじゃねえか？　その手《て》、おまえの手《て》じゃない！　この俺《おれ》の手《て》だからな！」

「いいえ、ここで私《わたし》がコントロールしてるから、鵺野君《ぬえのくん》の力《ちから》、正義《せいぎ》の力《ちから》です」

美奈子《みなこ》がいうと、バキはあきれたような顔《かお》をする。

「何《なに》が正義《せいぎ》の力《ちから》だよ。本当《ほんとう》に強《つよ》いのは悪《あく》の力《ちから》だぞ、怒《いか》りや憎《にく》しみ、人間《にんげん》の負《ふ》の感情《かんじょう》からだされるパワー、それが一番強《ばんつよ》い力《ちから》なんだよ」

「そんなのは強《つよ》さじゃない。怒《いか》りや憎《にく》しみを発散《はっさん》するなんて、それはむしろ人間《にんげん》の弱《よわ》さでしかない！」

ぬ〜べ〜がいった。

「ほお、そんじゃ、おまえのいう強《つよ》さってなんだよ」

「それは……、大切《たいせつ》なものを守《まも》りぬく力《ちから》だ」

「けっ！　それ、ゴールキーパーじゃん！　キーパーがどんだけがんばっても、勝《か》てねぇよ。強《つよ》いチームに必要《ひつよう》なのは、圧倒的《あっとうてき》な攻撃力《こうげきりょく》、突破力《とっぱりょく》、破壊力《はかいりょく》だよ！」

「人間《にんげん》には、攻《せ》める強《つよ》さより、どんなことにもたえぬく強《つよ》さのほうが必要《ひつよう》だ！」

「ふうっ、今日《きょう》のおまえとは、話《はなし》があわねえみたいだな」

「とにかく、俺《おれ》は人《ひと》を守《まも》り、たすけるためにこの手《て》を使《つか》う、それが俺《おれ》の左手《ひだりて》だ！」

「だから、それはおまえの手《て》じゃないって、いってんだろ！」

「もう話《はなし》は終《お》わりか？　学校《がっこう》に戻《もど》るから帰《かえ》るぞ」

「あー、帰《かえ》れ、おまえにはもううんざりだ！」

バキは、手足《てあし》にまきつけられたくさりを、腹《はら》だたしげにちゃりちゃりといわせた。

「鵺野君《ぬえのくん》、気《き》をつけて」

美奈子《みなこ》がにこやかに見送《みおく》った。

◇◇◇◇◇◇◇◇◇◇◇◇◇◇◇◇◇◇◇◆◆◆◆◆◆◆◆◆◆◆◆◆◆◆◆◆◆◆

教室《きょうしつ》では、絶鬼《ぜっき》を中心《ちゅうしん》として生徒《せいと》たちが騒《さわ》いでいた。

戸《と》が開《ひら》き、リツコ先生《せんせい》がはいってくる。

「静《しず》かにしなさい！　いま、三組《くみ》はなんの時間《じかん》？」

「ぬ〜べ〜の授業《じゅぎょう》なんだけど、こないんだよ」

広《ひろし》が答《こた》えた。

「どっかで昼寝《ひるね》でもしてんじゃやねえ？　さがしにいくか！」

みんながどやどやと廊下《ろうか》にでようとするのを、リツコはとめた。

「いいから、席《せき》についてて！　私《わたし》が、さがしてくるから」

リツコの言葉《ことば》に、「ひゅーひゅー」とみんながはやしたてる。

「やっぱ、ぬ〜べ〜のこと、心配《しんぱい》なんだ！」

美樹《みき》がいうと、克也《かつや》が絶鬼《ぜっき》に顔《かお》をむけた。

「ゼッキー、もうわかったと思《おも》うけど、ぬ〜べ〜とリツコ先生《せんせい》はそういうことだから」

それを聞《き》き、絶鬼《ぜっき》はリツコを見《み》ながら微笑《ほほえ》んだ。

「からかわないで！　もう、ちゃんと自習《じしゅう》してなさい！」

怒《おこ》ったようにいったリツコは、教室《きょうしつ》を後《あと》にする。

絶鬼《ぜっき》は、じっとリツコのうしろ姿《すがた》を見《み》つめ、しばらくすると教室《きょうしつ》を抜《ぬ》けだした。

そこに玉藻《たまも》があらわれる。

「次《つぎ》のねらいは、リツコ先生《せんせい》か？」

「うん、鵺野鳴介《ぬえのめいすけ》を本気《ほんき》にさせる材料《ざいりょう》をそろえようと思《おも》ってさ」

「リツコ先生《せんせい》に何《なに》をする気《き》だ」

「どうしよっかな。彼女《かのじょ》、いい叫《さけ》び声《ごえ》を聞《き》かせてくれそうだね」

それを聞《き》いた玉藻《たまも》は、無表情《むひょうじょう》のまま絶鬼《ぜっき》に近《ちか》づき、ささやいた。

「リツコ先生《せんせい》は私《わたし》が料理《りょうり》する。つけあわせに、生徒《せいと》たちをそろえてくれ」

玉藻《たまも》の目《め》は、完全《かんぜん》に悪《あく》と化《か》していた。

「ふふふっ、いいだろう。でも、メインディッシュは僕《ぼく》がいただくよ」

絶鬼《ぜっき》はにやりと笑《わら》い、教室《きょうしつ》に戻《もど》った。


「みんなあ！」とうわずった声《こえ》をあげる。

「おー、どこいってたんだよ、ゼッキー」

克也《かつや》がにたにたと笑《わら》った。

「リ、リツコ先生《せんせい》が、青鬼《あおおに》に！」

絶鬼《ぜっき》はとりみだしたそぶりで叫《さけ》んだ。

「ぬ〜べ〜を呼《よ》ばなきゃ！　でも、どこにいるんだろう」

郷子《きょうこ》がおろおろとすると、まことがはっとする。

「玉藻先生《たまもせんせい》なら、たすけてくれる！」

「そっか、玉藻先生《たまもせんせい》だ！」

広《ひろし》が叫《さけ》び、まことと一緒《いっしょ》に家庭科室《かていかしつ》へとむかった。

克也《かつや》や郷子《きょうこ》、美樹《みき》と法子《のりこ》たちも後《あと》につづく。それを見《み》て、絶鬼《ぜっき》はニヤリとした。

家庭科室《かていかしつ》にかけこんだ広《ひろし》たちは、玉藻《たまも》の姿《すがた》を見《み》て叫《さけ》んだ。

「玉藻先生《たまもせんせい》！　リツコ先生《せんせい》が！」

その声《こえ》にゆっくりとふりかえる玉藻《たまも》。

「待《ま》ってたんだよ、君《きみ》たちがくるのを」

「え？　玉藻先生《たまもせんせい》？」

みんながきょとんとした時《とき》、玉藻《たまも》は妖狐《ようこ》の姿《すがた》に変身《へんしん》した。

「あっ、あの時《とき》の狐《きつね》っ！」

広《ひろし》が叫《さけ》び、みんなは悲鳴《ひめい》をあげて後《あと》ずさる。

「玉藻先生《たまもせんせい》、どうして……」

まことがおどろくと、玉藻《たまも》の目《め》は青《あお》くかがやいていた。


ぬ〜べ〜は童守高校《どうもりこうこう》にむかって全力《ぜんりょく》で走《はし》っていった。

その時《とき》、とおりのむこうから、ふらふらと歩《ある》くいずなを見《み》つけた。

よく見《み》ると、傷《きず》だらけである。

「いずな！　何《なに》があった！」

「白《しろ》い制服《せいふく》の転入生《てんにゅうせい》……、あいつが時空《じくう》ちゃんのいってた鬼《おに》……」

「なんだって！」

「生徒《せいと》たちが……、私《わたし》は大丈夫《だいじょうぶ》だから……早《はや》くいって」

いずなはそこまでいうと、地面《じめん》にうずくまった。

ぬ〜べ〜は、いずなをその場《ば》に残《のこ》し、ふたたび走《はし》りだす。

校門《こうもん》を走《はし》りぬけ、中庭《なかにわ》にでたところで、絶鬼《ぜっき》が正面《しょうめん》にたちふさがった。

「おまえが鬼《おに》だったのか」

「気《き》づいた時《とき》にはいつもおそすぎる。人間《にんげん》は本当《ほんとう》におろかだね」

絶鬼《ぜっき》はにやにやと笑《わら》っていた。

「〝人食《ひとく》いモナリザ〟の騒《さわ》ぎも、おまえのしわざだったんだな」

「ふふっ、ずっと見《み》てたよ。君《きみ》たちがおろおろとするのをね」

「いったい、何《なに》が目的《もくてき》だ」

「にいさんを解放《かいほう》しにきた。そこに封印《ふういん》されてる僕《ぼく》のにいさんをね」

絶鬼《ぜっき》の視線《しせん》のさきには、ぬ〜べ〜の左手《ひだりて》があった。

ぬ〜べ〜ははっとする。

「おまえ、バキの弟《おとうと》……」

「その前《まえ》に、たっぷり遊《あそ》ばせてもらうけどね！」

そういうとすぐに絶鬼《ぜっき》の両手《りょうて》からまばゆい光《ひかり》が放《はな》たれ、ぬ〜べ〜をおそった。

「ぐわっ！」と吹《ふ》っとぶぬ〜べ〜。

絶鬼《ぜっき》の両手《りょうて》は、鬼《おに》の手《て》になっている。

「君《きみ》、弱《よわ》すぎだよ……。大丈夫《だいじょうぶ》？」

「強《つよ》い、これが鬼《おに》の力《ちから》……」

ぬ〜べ〜はよろよろとたちあがった。

「遊《あそ》びだって本気《ほんき》でやんないとつまんないからさ、君《きみ》にはもっと本気《ほんき》になってもらうよ。

ほら、あれ見《み》て」

絶鬼《ぜっき》は屋上《おくじょう》を指《ゆび》さした。


屋上《おくじょう》には、まことや広《ひろし》たち大勢《おおぜい》の生徒《せいと》がはりつけにされていた。

「ぬ〜べ〜！」とみんなが叫《さけ》ぶ。リツコ先生《せんせい》の姿《すがた》もそこにあった。

そして、ぬ〜べ〜は信《しん》じられないものを見《み》た。

屋上《おくじょう》にはもう一人《ひとり》、妖狐《ようこ》となった玉藻《たまも》がたっているのだ。

はりつけのリツコや生徒《せいと》たちにむけて、首《くび》さすまたをかまえたままで。

「何《なに》やってるんだ！　目《め》を覚《さ》ませ！　玉《たま》ちゃん！」

「目《め》を覚《さ》ましたからこうしてるんです。私《わたし》は本当《ほんとう》の自分《じぶん》をとりもどしただけです」

「玉《たま》ちゃん！　一緒《いっしょ》にこいつと戦《たたか》ってくれ！」

「私《わたし》は、勝《か》ちめのない戦《たたか》いなどしない」

玉藻《たまも》は冷《つめ》たくいいはなった。すると絶鬼《ぜっき》が高笑《たかわら》いする。

「打算《ださん》、うらぎり……、妖狐《ようこ》は本来《ほんらい》の姿《すがた》をとりもどしたようだね」

それを聞《き》き、ぬ〜べ〜は絶鬼《ぜっき》をにらみつけた。

「リツコ先生《せんせい》と生徒《せいと》たちは関係《かんけい》ないっ！　相手《あいて》は俺《おれ》だけでじゅうぶんだろ！」

「だからー、君《きみ》を本気《ほんき》にするためだって、いってるじゃん」

絶鬼《ぜっき》はあいかわらず、にやにやと笑《わら》っていた。

玉藻《たまも》は、はりつけにされているみんなにむけて、青《あお》い炎《ほのお》を指先《ゆびさき》から放出《ほうしゅつ》した。

電撃《でんげき》が走《はし》り、みんなは悲鳴《ひめい》をあげる。

「やめろっ！　俺《おれ》の生徒《せいと》に手《て》をだすな！」

ぬ～べ～は左手《ひだりて》の手袋《てぶくろ》を投《な》げすてた。

あらわになった鬼《おに》の手《て》から、ものすごいパワーがあふれだす。

「ははは、本当《ほんとう》に霊力《れいりょく》があがってきた。それが誰《だれ》かを守《まも》る時《とき》の力《ちから》ってやつだね。おもしろい、クライマックスはこれからだ！」

絶鬼《ぜっき》は、両手《りょうて》からまばゆい光《ひかり》を放《はな》つ。

ぬ～べ～は鬼《おに》の手《て》で防《ふせ》いだが、光《ひかり》の力《ちから》はすさまじく、うしろに吹《ふ》っとんだ。

「もうやめろ、ゼッキー！」

はりつけにされた克也《かつや》が、うえから叫《さけ》ぶ。

「やめてくれ！　俺《おれ》たち、友《とも》だちになれるはずだ！」

まことのその声《こえ》がとどくや、絶鬼《ぜっき》はあきれたような顔《かお》をした。

「友《とも》だち？　残念《ざんねん》だけど、そういうの、大《だい》きらいなんだよね！」

絶鬼《ぜっき》はふたたびぬ～べ～に攻撃《こうげき》をしかける。

たちあがりかけていたぬ～べ～は、また吹《ふ》っとんだ。

それでも、何度《なんど》でもたとうとする。

「生徒《せいと》の友情《ゆうじょう》をふみにじったおまえを、俺《おれ》は許《ゆる》さんっ！」

ぬ～べ～は絶鬼《ぜっき》をにらみつけた。

「けっこうしつこいんだね。なつかしいよ、バキにいさんとの兄弟《きょうだい》げんかみたいだ」

絶鬼《ぜっき》の両手《りょうて》からさらにまばゆい光《ひかり》が放《はな》たれ、ぬ～べ～をおそった。

玉藻《たまも》は、一方的《いっぽうてき》にやられるぬ～べ～を屋上《おくじょう》から見《み》ていた。

「何《なに》も感《かん》じないんですか？」

リツコが口《くち》をひらく。

「あの鵺野先生《ぬえのせんせい》の姿《すがた》を見《み》て、何《なに》も感《かん》じないんですか、玉藻先生《たまもせんせい》？」

「だまれ」

「私《わたし》は知《し》ってます。妖怪《ようかい》にはやさしい妖怪《ようかい》もいるって」

「そうだ、ぬ〜べ〜と一緒《いっしょ》にぼくたちをたすけてくれた玉藻先生《たまもせんせい》はどこにいったんだよ！」

まことが叫《さけ》んだ。

「玉藻先生《たまもせんせい》！」とみんなも大声《おおごえ》をあげた。

「鵺野先生《ぬえのせんせい》の姿《すがた》、生徒《せいと》たちの声《こえ》、あなたの心《こころ》にもひびいてるはずです」

リツコは、生徒《せいと》に話《はな》すようにゆっくりと玉藻《たまも》にむかって語《かた》りかける。

眼下《がんか》には、絶鬼《ぜっき》のはげしい攻撃《こうげき》を何度《なんど》もまともにくらうぬ〜べ〜が見《み》えた。それでもたちあがりつづけている。

「まだまだ、終《お》わりじゃないっ！」

そのようすをじっと見《み》おろしている玉藻《たまも》の顔《かお》、その妖狐《ようこ》の目《め》の奥《おく》に、わずかだがきれいなやさしい光《ひかり》がかがやいた。

「あなたは、本当《ほんとう》は悪《わる》い妖怪《ようかい》なんかじゃない！　自分《じぶん》の中《なか》にめばえた人間《にんげん》の心《こころ》から、目《め》をそらさないで！」

リツコは玉藻《たまも》を信《しん》じて叫《さけ》びつづけた。

「玉藻先生《たまもせんせい》！　ぬ〜べ〜をたすけてよ！」

生徒《せいと》たちもすがるようにいった。

玉藻《たまも》はしばらく無言《むごん》で、眼下《がんか》の戦《たたか》いを見《み》おろしていた。

そして、顔《かお》をあげ、リツコや生徒《せいと》たちに目《め》をやる。

「……貪狼巨門禄存文曲廉貞武曲《とんろうこもんろくぞんもんごくれんじょうむごく》……、破軍《はぐん》！」

玉藻《たまも》は呪文《じゅもん》をとなえ、首《くび》さすまたをほうりなげた。


「そろそろ終《お》わりにしようか」

絶鬼《ぜっき》は、ぬ～べ～にとどめをさそうと最後《さいご》の攻撃《こうげき》をしかけようとした。

と、その時《とき》、玉藻《たまも》の投《な》げた首《くび》さすまたが地面《じめん》につきささった。

首《くび》さすまたを中心《ちゅうしん》に、地面《じめん》に結界《けっかい》の輪《わ》がひろがり、かがやきだした。

「結界《けっかい》？　どういうつもりだ？」

絶鬼《ぜっき》は、はっとして屋上《おくじょう》を見《み》あげた。

「鵺野先生《ぬえのせんせい》！　いまだっ！」

玉藻《たまも》が叫《さけ》んだ。

ぬ～べ～はとっさにふところから経文《きょうもん》をとりだし、絶鬼《ぜっき》に投《な》げつける。

「魔界清浄経《まかいせいじょうきょう》！」

その経文《きょうもん》が絶鬼《ぜっき》にまきついた。

がんじがらめに清浄経《せいじょうきょう》でしばられ、絶鬼《ぜっき》は身動《みうご》きできない。

「ちっ！」と舌打《したう》ちすると、二人《ふたり》は光《ひかり》につつまれてすっと消《き》えた。

そのまま二人《ふたり》は天狗塚《てんぐづか》へ瞬間移動《しゅんかんいどう》した。

次《つぎ》の瞬間《しゅんかん》、絶鬼《ぜっき》は経文《きょうもん》をひきちぎる。

絶鬼《ぜっき》は本来《ほんらい》の青鬼《あおおに》の姿《すがた》と化《か》していた。

「ふっ、これで僕《ぼく》を追《お》いつめたつもりかい」

「くっ！」

ぬ〜べ〜は鬼《おに》の手《て》をかまえた。

「さあ、バキにいさん、強《つよ》くなった僕《ぼく》の姿《すがた》をとくと見《み》るがいい！」

両手《りょうて》の鬼《おに》の手《て》をかまえ、ぬ〜べ〜にむかってじりじりと近《ちか》づく。

ぬ〜べ〜は覚悟《かくご》した。青鬼《あおおに》と化《か》した絶鬼《ぜっき》の妖気《ようき》たるや、これまでとはくらべものにならないほどすさまじい。

一方《いっぽう》、屋上《おくじょう》にいる玉藻《たまも》は妖術《ようじゅつ》をといた。

その瞬間《しゅんかん》、はりつけにされていたリツコや生徒《せいと》たちが解放《かいほう》された。

玉藻《たまも》も人間《にんげん》の姿《すがた》に戻《もど》り、がくっとひざからくずれおちる。

「私《わたし》はもはや、妖怪《ようかい》でも人間《にんげん》でもない」

頭《あたま》をかかえ、弱々《よわよわ》しくつぶやいた玉藻《たまも》の背中《せなか》をリツコはだまって見《み》つめていた。

絶鬼《ぜっき》の最後《さいご》の攻撃《こうげき》がはじまろうとした時《とき》、背後《はいご》から経文《きょうもん》の声《こえ》が聞《き》こえる。

「ん？」

絶鬼《ぜっき》がふりむくと、そこには時空《じくう》がいた。

ボロボロの身《み》で、お経《きょう》を読《よ》んでいる。

それにあわせるかのように、ぬ〜べ〜も目《め》を閉《と》じて、経文《きょうもん》をとなえはじめた。

「なんのまねだ？」

絶鬼《ぜっき》はひるんだ。

すると、二人《ふたり》の経文《きょうもん》の力《ちから》によって、絶鬼《ぜっき》の足元《あしもと》の地面《じめん》に大《おお》きな亀裂《きれつ》が走《はし》る。

天狗塚《てんぐづか》の鬼門《きもん》がひらきはじめ、亀裂《きれつ》の奥《おく》から金色《きんいろ》の光《ひかり》がかがやきだした。

「鬼門《きもん》が……」

ひらかれた鬼門《きもん》に、絶鬼《ぜっき》はすいよせられていく。

絶鬼《ぜっき》を追《お》いつめるように、前後《ぜんご》からせまるぬ〜べ〜と時空《じくう》。

「くっ、今度《こんど》は親子愛《おやこあい》か。いちいち、君《きみ》のやることにはヘドがでるよ！」

絶鬼《ぜっき》は短《みじか》くほえると、ぬ〜べ〜に攻撃《こうげき》をしかけた。

ぬ〜べ〜がかわすと、今度《こんど》は反転《はんてん》し、時空《じくう》にむかって青《あお》い光《ひかり》を放《はな》った。

時空《じくう》はまともに攻撃《こうげき》を受《う》け、ひざをつく。

絶鬼《ぜっき》はにやりと笑《わら》い、うずくまる時空《じくう》の腕《うで》をつかんだ。

「ふふっ、おかげでいいことを思《おも》いついたよ。どうする？　僕《ぼく》を鬼門《きもん》に落《お》とすなら、君《きみ》のいとしい父《とう》さんも道《みち》づれだよ。そんなことできる？」

「くっ」と時空《じくう》は抵抗《ていこう》するが、弱《よわ》っていて、もはや動《うご》けない。

「できるわけないよね。君《きみ》の力《ちから》は大切《たいせつ》な人《ひと》を守《まも》ることしかできないんだろ？」

「鳴介《めいすけ》！　迷《まよ》うことはない！　私《わたし》もろとも鬼門《きもん》へ落《お》とせ！」

時空《じくう》がいう中《なか》、ぬ〜べ〜は無言《むごん》で二人《ふたり》を見《み》ている。

「君《きみ》のみにくいやさしさと愛《あい》が、僕《ぼく》をたおすことを邪魔《じゃま》してる。わかっただろ？　そんなものが、なんの強《つよ》さにもならないってことが」

「やれ、鳴介《めいすけ》！　鬼《おに》をたおすには、鬼《おに》になれっ！」

時空《じくう》は覚悟《かくご》のまなざしでぬ〜べ〜を見《み》つめ、ぬ〜べ〜はその視線《しせん》を感《かん》じた。

次《つぎ》の瞬間《しゅんかん》、ぬ〜べ〜は鬼《おに》の手《て》をかざし、二人《ふたり》にむけて波動《はどう》をはなった。

「**強制成仏《きょうせいじょうぶつ》！　覇《は》あああぁぁぁっ！**」

強《つよ》い波動《はどう》が絶鬼《ぜっき》と時空《じくう》をうちぬく。

「バキにいさん、いいのかい？　こんなおろかな人間《にんげん》に支配《しはい》されたままで……」

絶鬼《ぜっき》は、時空《じくう》もろともすいこまれるように亀裂《きれつ》の中《なか》へ落《お》ちていった。

と、その瞬間《しゅんかん》、時空《じくう》の手《て》をぬ〜べ〜の鬼《おに》の手《て》がつかんだ。

間一髪《かんいっぱつ》だった。

「俺《おれ》は誰《だれ》も見《み》すてない！　この手《て》で、俺《おれ》は大切《たいせつ》な人《ひと》を守《まも》りぬく！」

ぬ〜べ〜は大声《おおごえ》をあげると、全身《ぜんしん》に力《ちから》をこめて、おもいきり時空《じくう》をひきあげた。

「うおおお──────」

「鳴介《めいすけ》……」

ひきあげられた時空《じくう》は、地面《じめん》にたおれこんだ。

「この手《て》は……、俺《おれ》の力《ちから》は、人《ひと》を守《まも》るためにある！」

引

ぬ～べ～は鬼《おに》の手《て》を見《み》つめながら、強《つよ》く宣言《せんげん》した。

その時《とき》、ぬ～べ～の左手《ひだりて》がはげしく震《ふる》えだし、まばゆいばかりの金色《きんいろ》に発光《はっこう》した。

これまでになかったことだ。

「な、なんだ！」

左手《ひだりて》から、強烈《きょうれつ》な光《ひかり》があふれだして、上空《じょうくう》へとたちのぼった。

すると、怪《あや》しげな雲《くも》がもくもくとわきはじめる。

雲《くも》のうえには、ぬ～べ～の左手《ひだりて》から解放《かいほう》されたバキが、おそろしげな顔《かお》でたっていた。

「そうじゃねぇ……この手《て》は、俺《おれ》の手《て》だ……人間《にんげん》ごときが思《おも》いあがるなああああ」

バキは一人《ひとり》ほえた。

上空《じょうくう》の妖気《ようき》ただよう雲《くも》を見《み》あげていたぬ～べ～は、左手《ひだりて》に異変《いへん》を感《かん》じた。

目《め》をおとし、自分《じぶん》の左手《ひだりて》を見《み》つめて、がくぜんとする。

「お、鬼《おに》の手《て》が消《き》えたっ！」

これまでたくさんの妖怪《ようかい》を成仏《じょうぶつ》させ、大切《たいせつ》な人《ひと》たちを守《まも》ってきたぬ～べ～の左手《ひだりて》は、ふつうの人間《にんげん》の手《て》に戻《もど》っていた。

第十怪《だいじっかい》

最強《さいきょう》の鬼《おに》、覇鬼《ばき》の巻《まき》

◇◇◇◇◇◇◇◇◇◇◇◇◇◇◇◇◇異空間《いくうかん》◆◆◆◆◆◆◆◆◆◆◆◆◆◆◆◆◆◆◆◆◆

ものすごい衝撃《しょうげき》に、美奈子《みなこ》がはっとすると、バキの姿《すがた》が見《み》えなくなっていた。

バキの手足《てあし》をつなぎとめていたくさりが、ひきちぎられている。

美奈子《みなこ》が気《き》を許《ゆる》したすきに、バキは封印《ふういん》をといて外《そと》の世界《せかい》へ飛《と》びだしていったのである。

「バキが暴《あば》れだしたら、外《そと》の世界《せかい》は……」

美奈子《みなこ》は、めまいを感《かん》じながら声《こえ》をだした。

「……地獄《じごく》になる」

◇◇◇◇◇◇◇◇◇◇◇◇◇◇◇◇◇◇◇◇◆◆◆◆◆◆◆◆◆◆◆◆◆◆◆◆◆◆◆◆◆◆◆

「鵺野鳴介《ぬえのめいすけ》、おまえ、絶鬼《ぜっき》をたおして、神《かみ》にでもなったつもりか」

雲《くも》のうえにいるバキがつぶやく。

「鬼《おに》と人間《にんげん》の格《かく》のちがいを見《み》せつけてやるよ。こっちは、いままでおさえつけられてたぶん、怒《いか》りがたまってんだ。今度《こんど》は、おまえらを地獄《じごく》の底《そこ》にたたきおとしてやる」

怒《いか》りに満《み》ちたバキから、強烈《きょうれつ》な妖気《ようき》がまきちらされた。

「バキーっ！」

ぬ〜べ〜は空《そら》にむかって叫《さけ》んだ。

やがて、雲《くも》は消《き》えさり、青空《あおぞら》がよみがえる。

絶鬼《ぜっき》との戦《たたか》いで、最後《さいご》の力《ちから》をだしきっていたぬ〜べ〜と時空《じくう》。

二人《ふたり》は、おりかさなるように、たおれこんだ。


童守高校《どうもりこうこう》の保健室《ほけんしつ》のベッドに、ぬ〜べ〜は運《はこ》ばれていた。

目《め》を覚《さ》ますと、リツコとゆきめが看病《かんびょう》していた。

「どうして、ここに……」

「天狗塚《てんぐづか》でたおれてるのを、いずなさんと玉藻先生《たまもせんせい》が見《み》つけて」

リツコが口《くち》をひらくと、ぬ〜べ〜はきょろきょろあたりを見《み》まわした。

「じ、時空《じくう》は？」

「安心《あんしん》して。お父《とう》さんは童守寺《どうもりじ》でいずなさんが看《み》てる」

ゆきめが答《こた》えると、ぬ〜べ〜はほっとした顔《かお》をした。

「そうか……」

「鵺野《ぬえの》先生《せんせい》、うなされてましたよ」

リツコが心配《しんぱい》そうにいうので、ぬ〜べ〜はぼんやりした頭《あたま》で話《はな》しはじめた。

「リツコ先生《せんせい》、いやな夢《ゆめ》を見《み》ましたよ。俺《おれ》の鬼《おに》の手《て》が消《き》えてしまうという……あっ、あーっ、あ——っ、夢《ゆめ》じゃなかったーっ！」

ぬ〜べ〜は左手《ひだりて》に目《め》をやり、大声《おおごえ》をあげた。

「鬼《おに》の手《て》がなかったら、俺《おれ》はどうやってみんなを守《まも》ればいいんだ……」

ぬ〜べ〜は頭《あたま》をかかえた。

すると、リツコが不思議《ふしぎ》そうにたずねる。

「鬼《おに》の手《て》って、なんですか？」

「はあ？　だからいつもの左手《ひだりて》の手袋《てぶくろ》の……」

「手袋《てぶくろ》ってなんのことですか？」

ゆきめもリツコと同《おな》じような顔《かお》をしてつづける。

「ちょっと、二人《ふたり》とも、どうしたの」

ぬ〜べ〜がきょとんとすると、しばらく二人《ふたり》はだまっていた。

やがて、リツコが静《しず》かに語《かた》りはじめる。

「鵺野先生《ぬえのせんせい》が眠《ねむ》っている間《あいだ》、そんなことを考《かんが》えていました。鬼《おに》の手《て》のことも全部夢《ぜんぶゆめ》で、鵺《ぬえ》野《の》先生《せんせい》がおきたら、ふつうの生活《せいかつ》がはじまるんです。鬼《おに》も、こわい妖怪《ようかい》もいない、ふつうの学校生活《がっこうせいかつ》……」

リツコは遠《とお》くを見《み》るような目《め》をした。

ゆきめも同《おな》じようなことをいいだす。

「そしたら、ダーリンが危《あぶ》ない目《め》にあうこともない」

「鬼《おに》の手《て》なんかがあるから、鵺野先生《ぬえのせんせい》は戦《たたか》わなくちゃいけない、だったら、いっそ全部《ぜんぶ》が夢《ゆめ》で、そんなもの、はじめっからなかったことにできたらって」

二人《ふたり》の話《はなし》を聞《き》いていたぬ〜べ〜は、ふうっと大《おお》きく息《いき》をついた。

「俺《おれ》もむかしはよく、鬼《おに》の手《て》がなかったらどうなってたんだろうって考《かんが》えてた。ふつうの先生《せんせい》としてバスケ部《ぶ》の監督《かんとく》なんかやって、ぜんぜんちがう人生《じんせい》だったんだろうなって」

そこでぬ～べ～は、人《ひと》の手《て》に戻《もど》った左手《ひだりて》を見《み》つめた。

「こうして本当《ほんとう》になくなったら、どんなにうれしいかと思《おも》ったけど、ぜんぜんそうじゃなかった。やっぱり、すべてをなかったことにはできない」

「鵺野先生《ぬえのせんせい》……」

リツコが悲《かな》しげにぬ～べ～を見《み》つめた。

「それに、鬼《おに》の手《て》がなかったら、ゆきめやリツコ先生《せんせい》とも、出会《であ》うことはなかった」

それを聞《き》き、リツコとゆきめは、たがいを見《み》やった。

「だから俺《おれ》は、鬼《おに》の力《ちから》をこの手《て》にとりかえさなきゃいけない。それが俺《おれ》の宿命《しゅくめい》なんです」

「それがまわりの人《ひと》にとっては、つらいことでも、ですか？」

リツコの質問《しつもん》に、ぬ～べ～はうなずいた。

「ダーリンは、自分勝手《じぶんかって》です」

ゆきめが悲《かな》しそうにいった。

「ごめん」

二人《ふたり》にむかって、ぬ～べ～は頭《あたま》をさげた。

廊下《ろうか》の窓《まど》から保健室《ほけんしつ》の中《なか》をのぞいていた生徒《せいと》たちは、ほっとしていた。

「よかった。ぬ～べ～、気《き》がついたみたい」

郷子《きょうこ》が微笑《ほほえ》むと、広《ひろし》と克也《かつや》がうなずいた。

一方《いっぽう》で、まことは心配《しんぱい》そうにする。

「ぬ～べ～、これからどうなるのかな」

「必殺技《ひっさつわざ》がなくなっちゃったんだもんね」

美樹《みき》がそういうと、法子《のりこ》が口《くち》をひらく。

「でも、鬼《おに》の手《て》がなくても、ぬ～べ～はぬ～べ～だよ」

みんながうなずいた時《とき》、玉藻《たまも》があらわれた。

彼《かれ》を見《み》るや、はりつけにされた記憶《きおく》がよみがえり、みんなは身《み》をかたくする。

玉藻《たまも》もみんなをまっすぐ見《み》ることができないようで、目《め》をそらしたまま、保健室《ほけんしつ》のドアに手《て》をかける。そこで、まことが声《こえ》をかけた。

「玉藻先生《たまもせんせい》。ぬ～べ～、気《き》がつきました」

「そうか、それならよかった……」

ほっとする玉藻《たまも》にむかって、まことがまっすぐな瞳《ひとみ》でいう。

「玉藻先生《たまもせんせい》、ありがとうございました」

「ん？」

その時《とき》、保健室《ほけんしつ》のドアが開《あ》いて、ぬ～べ～が顔《かお》をだした。

間近《まぢか》で玉藻《たまも》と見《み》つめあったぬ～べ～は、こういった。

「玉《たま》ちゃん、いろいろありがとな」

玉藻《たまも》は理解《りかい》できないという顔《かお》をした。

「なぜ感謝《かんしゃ》する。私《わたし》は、あなたたちをうらぎったんだ！」

「でも、思《おも》いなおして戻《もど》ってきてくれた。それでもう、じゅうぶんだよ。な、みんな？」

ぬ～べ～は生徒《せいと》たちに目《め》をやった。

「うん、最初《さいしょ》はびっくりしたし、こわかったけど、最後《さいご》は味方《みかた》になってくれた」

郷子《きょうこ》が答《こた》えると、広《ひろし》もつづいた。

「ありがとう、玉藻先生《たまもせんせい》」

そして、ほかのみんなも、口々《くちぐち》に「ありがとう」といった。

玉藻《たまも》は大《おお》きく首《くび》を横《よこ》にふると、逃《に》げだすように、その場《ば》を後《あと》にする。

「待《ま》て、玉《たま》ちゃん！」

ぬ〜べ〜があわてて追《お》いかけた。

校庭《こうてい》にでたところで、ぬ〜べ〜は玉藻《たまも》に追《お》いついた。

玉藻《たまも》は観念《かんねん》したように足《あし》をとめると、ふりかえった。

「なぜ、私《わたし》を憎《にく》まない。あなたたちのやさしさは、私《わたし》を苦《くる》しめるだけだ」

「人間《にんげん》てさ、たぶん玉《たま》ちゃんが思《おも》ってるよりバカなんだ。一《ひと》ついいことがあるとさ、忘《わす》れちゃうんだよ。いやなめにあったことも、うらぎられたことも」

ぬ〜べ〜は静《しず》かに語《かた》りだす。

玉藻《たまも》はそんなぬ〜べ〜をじっと見《み》つめていた。

「忘《わす》れられるから、許《ゆる》すこともできる、それって、お得《とく》なことだと思《おも》うんだ、玉《たま》ちゃん」

「……」

「俺《おれ》も、父親《ちちおや》のこと、もう少《すこ》しで許《ゆる》せそうだ……。あんなに憎《にく》んでたのに。バカだろ？」

「人間《にんげん》の心《こころ》を理解《りかい》すれば、あなたのような力《ちから》を手《て》にすることができると思《おも》っていたけど、やはり私《わたし》には無理《むり》のようだ」

そう告《つ》げると、玉藻《たまも》はくるりと身《み》をひるがえし、たちさろうとした。

「玉《たま》ちゃん、もう一度《ど》、力《ちから》を貸《か》してくれ！」

ぬ〜べ〜が呼《よ》びとめる。

「バキがあばれだしたら、この世《よ》は地獄《じごく》になる。でも、俺《おれ》たち仲間《なかま》が一《ひと》つになってたばになってかかれば……」

その時《とき》、あたりがうす暗《ぐら》くなった。

ぬ〜べ〜がはっとして空《そら》を見《み》あげると、太陽《たいよう》を背《せ》にして巨大《きょだい》なバキが姿《すがた》をあらわしていた。空中《くうちゅう》にうかんでいる。

次《つぎ》の瞬間《しゅんかん》、バキの大《おお》きな拳《こぶし》がふってきた。


ドシン！


「のわっ！　バキだ！」

地《じ》ひびきとともに、校庭《こうてい》のど真《ま》ん中《なか》に大《おお》きな拳《こぶし》がめりこんだ。

二人《ふたり》は攻撃《こうげき》をよけると、玉藻《たまも》が首《くび》さすまたを手《て》にして身《み》がまえる。

「だから、わかってねえよ。おまえらがたばになろうが、かなわないもんがあんだよ。教《おし》えてやろう。おまえの大《だい》好《す》きな『力《ちから》をあわせればのりこえられる』って考《かんが》えがどうにもならねぇってことを」

つづけざまに、拳《こぶし》が天《てん》からふり落《お》ちる。

ぬ〜べ〜と玉藻《たまも》は、すさまじい衝撃《しょうげき》で地面《じめん》にころがった。

玉藻《たまも》はすぐにたちあがると、ぬ〜べ〜に叫《さけ》んだ。

「鵺野先生《ぬえのせんせい》！　生徒《せいと》たちと逃《に》げてください！　あなたはまだ回復《かいふく》していな」

ズシン！

いいおわらないうちに、次《つぎ》の攻撃《こうげき》がきた。

ぬ〜べ〜をかばい、玉藻《たまも》が吹《ふ》っとぶ。

「玉《たま》ちゃん！」

「くっ、勝《か》ちめのない戦《たたか》いはしない主義《しゅぎ》だったが、私《わたし》が相手《あいて》になる！」

玉藻《たまも》はしぶとくたちあがった。

ぬ〜べ〜もおきあがるが、体力《たいりょく》が残《のこ》っておらず、よろめいてしまう。

「危《あぶ》ない！　ダーリン！」

保健室《ほけんしつ》から飛《と》びだしてきたゆきめが叫《さけ》んだ。

玉藻《たまも》も上空《じょうくう》をふりあおぎ、大声《おおごえ》をあげる。

「逃《に》げろっ、鵺野先生《ぬえのせんせい》！」

だが、おそかった。ぬ～べ～の真上《まうえ》から、次《つぎ》の攻撃《こうげき》がなされた。

ズンッ！

その瞬間《しゅんかん》、ゆきめはぬ～べ～の身《み》がわりになって、まともに攻撃《こうげき》を受《う》けてしまった。

「ゆきめっ！」

地面《じめん》につきとばされたぬ～べ～が叫《さけ》ぶと、ゆきめはふらふらとたちあがる。

「私《わたし》のダーリンは、私《わたし》が守《まも》るっ！」

「鵺野《ぬえの》先生《せんせい》！　ここはわれわれにまかせてください！」

玉藻《たまも》もゆきめのとなりにならんだ。二人《ふたり》で戦闘態勢《せんとうたいせい》をとる。

「人間《にんげん》だろうが妖怪《ようかい》だろうが、俺《おれ》の元《もと》にひざまずけ！」

バキは口《くち》から青《あお》い炎《ほのお》を吐《は》いた。

あたりは、まばゆく光《ひか》りかがやいた。

校庭《こうてい》にいたものも、校舎《こうしゃ》から見《み》ていた生徒《せいと》たちも、そのすさまじい光《ひかり》に目《め》がくらんだ。

ぬ～べ～がゆっくり目《め》を開《あ》けると、校庭《こうてい》の真《ま》ん中《なか》に、ボロボロになってたおれている玉《たま》藻《も》とゆきめが見《み》えた。

ぬ〜べ〜は天《てん》をにらみつける。

「バキ！　なぜ、こんなことをっ！」

「おまえら人間《にんげん》がいかに無力《むりょく》で、小《ちい》さい生《い》き物《もの》かってことを理解《りかい》させるためだ」

「もういい！　やめろっ！　やめてくれ！」

「まだやめねえよ。おまえらはいつも、本当《ほんとう》に絶望《ぜつぼう》しないとわからないだろ。これからおまえに味《あじ》わわせてやろう、本当《ほんとう》の絶望《ぜつぼう》というものを！」

「……本当《ほんとう》の絶望《ぜつぼう》？」

ぬ〜べ〜が眉《まゆ》をひそめると、すっとバキの姿《すがた》が消《き》えた。

あたりに静《しず》けさが戻《もど》る。

ゆきめと玉藻《たまも》がうめきながらおきあがった。

「二人《ふたり》とも、俺《おれ》のためにすまない」

ぬ〜べ〜が声《こえ》をかけると、ゆきめは苦《くる》しげな表情《ひょうじょう》の中《なか》、軽《かる》く笑《わら》ってみせた。

玉藻《たまも》は気力《きりょく》をふりしぼってぬ〜べ〜に近《ちか》づくと、耳元《みみもと》でおそろしいことをささやいた。

「本当《ほんとう》の絶望《ぜつぼう》……、バキの次《つぎ》の標的《ひょうてき》は……無限界時空《むげんかいじくう》……」

その瞬間《しゅんかん》、ぬ〜べ〜はあわてて走《はし》りだした。

童守寺《どうもりじ》にむかっていくぬ〜べ〜。

「間《ま》にあってくれ……」

ぬ〜べ〜は全力《ぜんりょく》で走《はし》った。

体中《からだじゅう》が痛《いた》み、悲鳴《ひめい》をあげている。それでも、歯《は》を食《く》いしばり、かけていく。

（いま、あいつにいわなきゃ、俺《おれ》は一生後悔《いっしょうこうかい》する）

やがて、寺《てら》の本堂《ほんどう》が見《み》えてきた。

シュンシュン！

空《そら》から金色《きんいろ》の光《ひかり》のヤリが音《おと》をたてて、ふりそそぎはじめる。

その時《とき》、本堂《ほんどう》の中《なか》では、いずなと和尚《おしょう》に看病《かんびょう》されていた時空《じくう》がおきあがろうとしていた。

「だめだって時空《じくう》ちゃん、まだ寝《ね》てな」

いずながそういったやさき、あたりはまぶしい光《ひかり》につつまれた。

シュンシュン！

屋根《やね》をつきやぶり、無数《むすう》の光《ひかり》のヤリがふってきた。

「うわっ！」

和尚《おしょう》がいずなに覆《おお》いかぶさると、床《ゆか》に数本《すうほん》の光《ひかり》のヤリがつきささる。

時空《じくう》は、壁《かべ》にもたれるようにしてなんとかよけていた。

「和尚《おしょう》！　危《あぶ》ないから、どいて！」

いずなが叫《さけ》び、和尚《おしょう》の体《からだ》をどかそうとした。

「お、おまえはわしが守《まも》る！」

「重《おも》たいから、どいてって！」

しかし、和尚《おしょう》の服《ふく》のすそにヤリがささっていて、身動《みうご》きがとれない。


シュンシュン！


ふたたび空《そら》からはげしい音《おと》が聞《き》こえた。

「き、きたっ！」

いずなは目《め》を閉《と》じた。


ズバズバズバッ！


いずなと和尚《おしょう》のまわりにヤリがささるが、二人《ふたり》は無事《ぶじ》だった。

いずながゆっくり目《め》を開《あ》けると、そこに時空《じくう》がたっていた。

二人《ふたり》の盾《たて》となり、時空《じくう》の体《からだ》には何本《なんぼん》ものヤリがつきささっている。

「時空《じくう》ちゃーんっ！」

いずなは絶叫《ぜっきょう》した。

時空《じくう》がゆっくりとあおむけにたおれた。

「時空《じくう》ちゃん！」

いずなが時空《じくう》を揺《ゆ》する。

その時《とき》、本堂《ほんどう》の戸《と》が開《あ》き、ぬ～べ～が飛《と》びこんできた。

ヤリがつきささった時空《じくう》を見《み》て、たちつくす。

「……」

ふらふらと、たおれている時空《じくう》の元《もと》へと歩《あゆ》みよった。

「鳴介《めいすけ》か…」

時空《じくう》はかぼそい声《こえ》をだした。いまにもその目《め》から光《ひかり》が消《き》え失《う》せようとしている。

「と、父《とう》さ……」

「いうな……、おまえから……、父《ちち》と呼《よ》ばれる資格《しかく》は……ない……」

「……」

「鳴介《めいすけ》……おまえは私《わたし》を許《ゆる》さなくて……いい……。うすよごれた私《わたし》のようにはなるな……。

おまえの力《ちから》なら……、私《わたし》にできなかったことを……」

時空《じくう》はすっと手《て》をのばした。ぬ～べ～は、震《ふる》える手《て》で、その手《て》を握《にぎ》りしめる。

「……鳴介《めいすけ》」

時空《じくう》は弱々《よわよわ》しくぬ～べ～の手《て》を握《にぎ》りかえし、何《なに》かをいおうとした。

「何《なに》？」

ぬ～べ～は両手《りょうて》でしっかりと強《つよ》く握《にぎ》りしめる。

「強《つよ》くなったな……」

時空《じくう》は、ふっとかすかに笑《わら》った。そして、目《め》を閉《と》じた。

安《やす》らかな死《し》に顔《がお》だった。

いずながわっと泣《な》きだすと、和尚《おしょう》は両手《りょうて》をあわせた。

「父《とう》……さん？　父《とう》さん？、父《とう》さあ――――んっ！」

ぬ～べ～は大声《おおごえ》をだして、泣《な》き叫《さけ》んだ。

これまでずっとおさえていた感情《かんじょう》が、いっきに爆発《ばくはつ》したように。

ぬ～べ～は本堂《ほんどう》から飛《と》びだし、空《そら》をあおいだ。

「バキ！　やるなら俺《おれ》をやれ！　ここへおりてこい！」

怒《いか》りに満《み》ちた目《め》で、空《そら》をにらみつけた。

「その目《め》だよ、その目《め》。怒《いか》りと憎《にく》しみ、それこそが本当《ほんとう》の強《つよ》さだ。怒《いか》れ、もっと怒《いか》れ、怒《いか》りの叫《さけ》び声《ごえ》をあげろ！」

「くそおぉぉぉ―――っ！」

ぬ〜べ〜は、左《ひだり》の拳《こぶし》で地面《じめん》をたたいた。

怒《いか》りに震《ふる》え、血《ち》のにじむ左手《ひだりて》を見《み》やると、やさしい女性《じょせい》の声《こえ》が聞《き》こえてきた。

「鵺野《ぬえの》君《くん》、何《なに》があっても、怒《いか》りに身《み》をまかせちゃだめ」

その声《こえ》に顔《かお》をあげると、美奈子《みなこ》がたっていた。

「美奈子《みなこ》先生《せんせい》、俺《おれ》、もう無理《むり》だ……」

「人間《にんげん》は、鬼《おに》になっちゃいけない。このまま怒《いか》りにまかせたら、鵺野《ぬえの》君《くん》もバキと同《おな》じ、鬼《おに》になっちゃうんだよ」

「くっ、バキをたおせるなら、鬼《おに》にだってなってやる」

「私《わたし》がいままで鵺野《ぬえの》君《くん》の左手《ひだりて》の中《なか》でバキを封《ふう》じていたように、今度《こんど》は、鵺野《ぬえの》君《くん》が自分《じぶん》の力《ちから》で、自分《じぶん》の怒《いか》りを封《ふう》じるの」

「怒《いか》りを封《ふう》じる？」

「そのさきに、あなたの信《しん》じた正義《せいぎ》があるから」

「……」

「鵺野君《ぬえのくん》なら、できる」

やさしく微笑《ほほえ》むと、美奈子《みなこ》は消《き》えた。

「美奈子先生《みなこせんせい》」

ぬ～べ～は歯《は》を食《く》いしばり、おのれの左手《ひだりて》を見《み》つめた。

上空《じょうくう》のバキがふっと姿《すがた》を消《け》した。

あたりは静《しず》けさにつつまれている。

ぬ～べ～は、がむしゃらに走《はし》りだした。

「自分《じぶん》の弱《よわ》さなんて、百《ひゃく》も承知《しょうち》だ。でも、たとえかなわない相手《あいて》とわかっていても、戦《たたか》って守《まも》るべきものがあるんだ！」

そう叫《さけ》びながら、かけていく。

玉藻《たまも》は空《そら》を見《み》あげていた。

いつしか日《ひ》がくれて、満月《まんげつ》がでている。

「嵐《あらし》の前《まえ》の静《しず》けさ、またバキがきっとくる」

そうつぶやくと、玉藻《たまも》は空《そら》をにらんだ。

「かなわないとわかっていても……」

玉藻《たまも》は決意《けつい》の表情《ひょうじょう》をうかべた。


ゆきめも空《そら》を見《み》あげていた。

「ダーリンが教《おし》えてくれた」

白《しろ》いすきとおるような肌《はだ》には、赤《あか》みがさしている。

それは決戦《けっせん》を前《まえ》にして、体中《からだじゅう》の血《ち》が、熱《あつ》くたぎりだしたあかしだった。


そして、いずなも。

「このままやられっぱなしじゃ、終《お》われない」

童守寺《どうもりじ》の境内《けいだい》から上空《じょうくう》をあおぎ、くちびるをかみしめた。

「私《わたし》にはできる」

いずなは、力《ちから》をこめて大《おお》きくうなずいた。

「自分《じぶん》の力《ちから》を信《しん》じるんだ！」

ひたすら走《はし》るぬ〜べ〜は、一人《ひとり》叫《さけ》んだ。

みんなと同《おな》じ空《そら》を見《み》あげるその顔《かお》には、決意《けつい》の表情《ひょうじょう》がうかんでいた。


その時《とき》、上空《じょうくう》かなたにうかんでいたバキの目《め》が光《ひか》りだした。

「思《おも》いあがったおろかな人間《にんげん》どもめ。おまえらに、本当《ほんとう》の地獄《じごく》ってものを見《み》せてやる！」

そして、童守高校《どうもりこうこう》へと急降下《きゅうこうか》した。

そのすさまじい波動《はどう》が童守町全体《どうもりちょうぜんたい》をおそった。


「きたっ！」と玉藻《たまも》。

「……っ！」

ゆきめはびくんと身《み》を震《ふる》わせた。

「何《なに》、いまの！」

いずなが叫《さけ》ぶ。

「きたな、バキっ！」

ぬ～べ～は足《あし》を速《はや》めた。

ドーーーン！

バキはものすごい振動《しんどう》とともに、童守高校《どうもりこうこう》におりたった。

校庭《こうてい》の真《ま》ん中《なか》に、どかっとあぐらをくんで座《すわ》る。

ふてぶてしい顔《かお》で、正面《しょうめん》を見《み》すえると、大《おお》きくほえた。

ウオオオーーーーッ！

ぬ～べ～が校門《こうもん》にたどりつくと、玉藻《たまも》、ゆきめ、いずなの三人《にん》も集結《しゅうけつ》した。

「鵺野先生《ぬえのせんせい》、あなたにいわれたからじゃない。自分《じぶん》の意思《いし》でバキと戦《たたか》うんです」

玉藻《たまも》がそういった。

「ダーリン、私《わたし》もお手伝《てつだ》いさせて」とゆきめ。

「私《わたし》も、ちょっとは力《ちから》になれるはずだから」

いずなもつづいた。

「いま、この町《まち》でバキと戦《たたか》えるのはこの四人《よにん》」

玉藻《たまも》がいうと、いずながとなりにたって、にこりと笑《わら》う。

「これで勢《せい》ぞろいってことね」

「みんな……」

ぬ〜べ〜は、玉藻《たまも》、ゆきめ、いずな、それぞれの顔《かお》を一人《ひとり》ずつ見《み》まわした。

「みんなにいっておくことがある。鬼《おに》の手《て》のないいまの俺《おれ》は……確実《かくじつ》にみんなの足手《あしで》まといになる！」

ぬ〜べ〜はそう告《つ》げた。

「いや、戦《たたか》う前《まえ》からそんなこと宣言《せんげん》されても」

玉藻《たまも》はあきれた。

「で、なんか作戦《さくせん》はあるの？」

いずなが聞《き》いた。

「ない！」とぬ〜べ〜が高《たか》らかに答《こた》える。

「作戦《さくせん》もなしに、あたってくだけろってこと？」

ゆきめが聞《き》くと、ぬ～べ～は大《おお》きくうなずいた。

「そゆこと！」

「鵺野《ぬえの》先生《せんせい》、あなたという人《ひと》は……」

玉藻《たまも》は、もはやあきれかえっている。

「いいかげん、わかってるだろ。俺《おれ》はそういう男《おとこ》だっ！」

ぬ～べ～がいつものようにいいはなつと、玉藻《たまも》、ゆきめ、いずなは同時《どうじ》に微笑《ほほえ》んだ。

そして四人《よにん》は、決意《けつい》の表情《ひょうじょう》で校庭《こうてい》にむかって走《はし》りだした。


「バキ！　俺《おれ》たちが相手《あいて》だ！」

ぬ～べ～は突進《とっしん》した。

玉藻《たまも》も首《くび》さすまたをかまえ、そこから火《ひ》の玉《たま》をだしてバキにあびせる。

「くらえ！　妖狐《ようこ》、火輪尾《ひわお》の術《じゅつ》！」

「ラブファイヤー！」

いずなも両手《りょうて》から炎《ほのお》をだした。玉藻《たまも》といずなのダブルの炎攻撃《ほのおこうげき》である。

「うえは大火事《おおかじ》、したは大雪《おおゆき》、これ、なーんだ！」

そういって、ゆきめはバキの足元《あしもと》にむけて吹雪攻撃《ふぶきこうげき》をしかけた。

「どうだバキ！　これが俺《おれ》たちの……」

ぬ～べ～が口《くち》をひらいた次《つぎ》の瞬間《しゅんかん》、バキはみんなの攻撃《こうげき》をいとも簡単《かんたん》に払《はら》いのけた。

まるで虫《むし》でも追《お》いはらうように腕《うで》をふると、炎《ほのお》も吹雪《ふぶき》も消《き》える。

ものすごい風圧《ふうあつ》が四人《よにん》をおそった。

「ぐわっ！」

みんなはなんとかふみとどまる。

「ふんっ、それで終《お》わりか」

バキがバカにしたようにいった。

「まだ終《お》わりじゃないっ！」

玉藻《たまも》がまたもや炎攻撃《ほのおこうげき》をしかけると、いずなもそれにあわせて炎《ほのお》を放《はな》つ。

「何度《なんど》だって、やってやるよ！」

「鬼《おに》さん、こちらっ！」とゆきめの吹雪《ふぶき》。

三方向《ほうこう》から、それぞれの攻撃《こうげき》がつづく。

「あーもー、しゃらくせえ――――っ！」

バキは口《くち》から衝撃波《しょうげきは》を吐《は》きだした。

そのとたん、四人《よにん》は校庭《こうてい》にちりぢりに吹《ふ》っとばされた。

「みんな、大丈夫《だいじょうぶ》か？」

おきあがったぬ～べ～が声《こえ》をかけると、みんなも必死《ひっし》にたちあがる。

「はてしなく強《つよ》い……」

玉藻《たまも》がうめいた。

バキはつづけざまに攻撃《こうげき》する。

またもや四人《よにん》はなぎたおされた。

強《つよ》い衝撃《しょうげき》で大地《だいち》をころがり、それぞれたちあがることができない。

それでもなんとかおきあがろうとするが、がくっとひざをつき、両手《りょうて》をついた。

「くそっ……」

ぬ～べ～の視界《しかい》がかすみ、意識《いしき》が遠《とお》のいていく。

このまま、やられてしまうのかもしれない。

そう考《かんが》えた時《とき》、声《こえ》が聞《き》こえた。

「鵺野《ぬえの》先生《せんせい》!」

「「ぬ〜べ〜」」と彼《かれ》を呼《よ》ぶたくさんの声《こえ》だ。

「幻聴《げんちょう》か?」

もうろうとした意識《いしき》で、ぬ〜べ〜は声《こえ》のほうをふりむいた。

すると、校庭《こうてい》のすみに、リツコと三組《くみ》の生徒《せいと》たちが見《み》える。

「リツコ先生《せんせい》、おまえたち……」

ぬ〜べ〜はなんとか意識《いしき》をとりもどし、ゆっくりとたちあがった。

「私《わたし》たち、何《なに》もできないけど、役《やく》にたちたいんです!」

リツコが叫《さけ》ぶと、生徒《せいと》たちも口々《くちぐち》に大声《おおごえ》をだす。

「ぬ〜べ〜! 俺《おれ》たちも一緒《いっしょ》に戦《たたか》うよ!」

「俺《おれ》たち、たくさん妖怪《ようかい》を見《み》てきた。もう、鬼《おに》だってこわくねえ!」

みんながいさましい声《こえ》をあげて、ぬ〜べ〜をはげました。

「おまえら……」

ぬ〜べ〜はその声《こえ》に大《おお》きな力《ちから》をもらい、バキをにらみつける。

「くだらねえ。そんな、口《くち》だけの一致団結《いっちだんけつ》なんて、なんの意味《いみ》もねえってことを教《おし》えてやる」

バキがおたけびをあげながら、あたりを闇《やみ》に変《か》えてしまう。

リツコや生徒《せいと》たちは一瞬《いっしゅん》ひるんだが、校庭《こうてい》の真《ま》ん中《なか》にむかって歩《あゆ》みだした。

「おまえら、くるんじゃない！」

みんなはバキを力強《ちからづよ》くにらみつけ、せまっている。

「くっ、これ以上《いじょう》、誰《だれ》も傷《きず》つけたくない……。みんな、ありがとな」

ぬ〜べ〜はみんなにむかって、にっこりと笑《わら》ってみせた。

「「「ぬ〜べ〜？」」」

全員《ぜんいん》、その笑顔《えがお》の意味《いみ》がわからず、たちどまる。

ぬ〜べ〜はそれを見《み》て、バキにむきなおった。

「バキっ！　俺《おれ》の命《いのち》をくれてやる！　それで終《お》わりにしよう！」

ぬ〜べ〜はバキにむかって走《はし》りだした。

「バキ――――っ！」

大声《おおごえ》を発《はっ》してかけていくと、バキの足元《あしもと》にたった。

ウオオオオオ―――ッ！

バキはぬ〜べ〜をたたきつぶそうと、おたけびをあげて右手《みぎて》を大《おお》きくふりあげる。

その強大《きょうだい》な力《ちから》をもってすれば、ぬ〜べ〜一人《ひとり》をひねりつぶすことなど、わけはない。

ぬ〜べ〜は、死《し》を覚悟《かくご》して目《め》を閉《と》じた。

その頭《あたま》のうえからバキの拳《こぶし》がふりおろされた。

それは、こんしんの力《ちから》をこめた最後《さいご》の一撃《いちげき》だった。


「……」

ぬ〜べ〜は目《め》を開《あ》けた。

頭《あたま》のうえ、数《すう》センチのところで、バキの手《て》がとまっている。

よく見《み》ると、自分《じぶん》を中心《ちゅうしん》にリツコや生徒《せいと》たちが集《あつ》まり、ぬ〜べ〜を守《まも》るようにとりかこんでいた。

バキの拳《こぶし》がふりおろされていたら、ぬ〜べ〜だけでなく、みんな、ひとたまりもなかっただろう。

「おまえたち……」

全員《ぜんいん》がバキを見《み》あげてにらんでいる。恐怖《きょうふ》に震《ふる》えながらも、ただひたすら、ぬ〜べ〜を守《まも》ろうとして、バキを見《み》すえている。

寸前《すんぜん》で攻撃《こうげき》をとめたバキは、わからないといった顔《かお》でつぶやいた。

「なぜ、そこまで……」

「ぬ〜べ〜は、いままでぼくたちのために、命《いのち》がけで戦《たたか》ってくれた。だからぼくたちだって、命《いのち》をかけてたすけたいんだ！」

まことがどうどうと叫《さけ》んだ。

「大切《たいせつ》な人《ひと》のためになら、命《いのち》もなげうてる、それが人間《にんげん》なんです！」

リツコがきぜんとしていうと、バキはあきれたようにため息《いき》をつく。

「バキ、いま、おまえが考《かんが》えていることはわかる。そんなのきれいごとだ。無意味《むいみ》だ。そう思《おも》ってるんだろう」

ぬ〜べ〜が口《くち》をひらいた。

バキは無言《むごん》で、ぬ〜べ〜を見《み》おろしている。

「バキ、おまえのいうとおり、人間《にんげん》はおろかで、不完全《ふかんぜん》で、すぐに思《おも》いあがる。俺《おれ》たちが信《しん》じていた正義《せいぎ》とか、信頼《しんらい》とか、夢《ゆめ》とか、それもただのきれいごとだって、おまえに気《き》づかされたことはたくさんある」

ぬ～べ～はそこで、いったん言葉《ことば》を切《き》った。そして、くちびるをかみしめ、ふたたび話《はな》しだす。

「でも俺《おれ》は……、俺《おれ》たち人間《にんげん》は、それがきれいごとだってわかってても、それを信《しん》じていたいんだ！　たとえそれが、おろかでも、きずなとか希望《きぼう》とか、そんな目《め》に見《み》えないものだって、たしかにあるって信《しん》じていたいんだ。俺《おれ》は、みんなに見《み》せてやりたい。妖怪《ようかい》や鬼《おに》がこの世《よ》にいるってことと同《おな》じように、ただのきれいごとだって、この世《よ》にはあるってことを！」

生徒《せいと》やリツコたちがそれを聞《き》いてうなずいた。

さらにぬ～べ～は言葉《ことば》をつづける。

「俺《おれ》たちは、おまえにいま、絶望《ぜつぼう》をつきつけられている。でもな、バキ、俺《おれ》はおまえを許《ゆる》す。だから、もう一度《ど》、この手《て》で、俺《おれ》と一緒《いっしょ》に人間《にんげん》たちを守《まも》っていかないか」

バキはぬ～べ～から目《め》をはなし、空《そら》を見《み》あげた。

ウオオオオオオ――――ッ！

おもむろに、天《てん》にむかってほえる。

「いましかないっ！」

玉藻《たまも》が首《くび》さすまたをほうりなげた。

空中《くうちゅう》でバラバラになった首《くび》さすまたが、校庭《こうてい》に三本《ぼん》つきささり、三角形《さんかくけい》の結界《けっかい》が地面《じめん》にできた。

三角形《さんかくけい》の頂点《ちょうてん》に、それぞれ玉藻《たまも》といずな、そしてゆきめがたつ。

光《ひか》りはじめた結界《けっかい》の中《なか》に、ぬ〜べ〜と生徒《せいと》たち、それにリツコがいる形《かたち》となった。

「バキを封印《ふういん》する！　鵺野先生《ぬえのせんせい》に力《ちから》を集《あつ》めるんだ」

玉藻《たまも》が手《て》をかざして叫《さけ》ぶと、いずなとゆきめも同《おな》じように手《て》をのばした。

それぞれの手《て》が光《ひか》りはじめる。リツコや生徒《せいと》たちも手《て》をかかげた。

それを見《み》て、ぬ〜べ〜も左手《ひだりて》を高《たか》くあげ、呪文《じゅもん》をとなえはじめた。

ぬ〜べ〜の左手《ひだりて》にみんなの光《ひかり》が集《あつ》まっていく。

ウオオオオオオ――ッ！

バキは、空《そら》にむかってまたほえた。

「バキよ！　ふたたびわが左手《ひだりて》で眠《ねむ》れ！」

ぬ〜べ〜の左手《ひだりて》に集《あつ》まった光《ひかり》が、バキにむけてまばゆく放《はな》たれた。

キュウゥウゥ――――ン

すると、バキの巨大《きょだい》な体《からだ》が発光《はっこう》しはじめた。

ウオオオオオオォォォ………

まばゆい光《ひかり》につつまれたバキ。その叫《さけ》び声《ごえ》がだんだんと小《ちい》さくなっていく。

やがてバキの肉体《にくたい》は光《ひかり》のかたまりとなり、すうっと、ぬ〜べ〜の左手《ひだりて》へとすいこまれていった。

光《ひかり》が消《き》えると、ぬ〜べ〜の左手《ひだりて》は鬼《おに》の手《て》に戻《もど》っていた。

「ぬ〜べ〜っ！」

みんなが叫《さけ》んだ。ぬ〜べ〜をとりかこむ生徒《せいと》やリツコたちは、笑顔《えがお》になっている。玉藻《たまも》、ゆきめ、いずなも集《あつ》まってきた。

その時《とき》、夜空《よぞら》に光《ひかり》の筋《すじ》がいくつも飛《と》んでいるのに、みんな気《き》がついた。

「あの光《ひかり》は？」

リツコが聞《き》くと、玉藻《たまも》が答《こた》える。

「さっきのみんなの強《つよ》い霊力《れいりょく》で、この町《まち》にしのびこんでいた悪《わる》い霊《れい》や妖怪《ようかい》たちが、天狗塚《てんぐづか》にすいこまれているようです」

「じゃあ、時空《じくう》ちゃんのおかげでもあるんだね」

いずながぽつりといった。

「父《とう》さん……」

ぬ～べ～はじっと夜空《よぞら》の星《ほし》を見《み》あげ、つぶやいた。


アパートの部屋《へや》に戻《もど》ったぬ～べ～は、どっと疲《つか》れがでた。

手袋《てぶくろ》をした左手《ひだりて》に視線《しせん》を落《お》とすと、美奈子《みなこ》の声《こえ》が聞《き》こえる。

「鵺野君《ぬえのくん》、たいへんよくできました」

「美奈子先生《みなこせんせい》……」

ぬ～べ～は美奈子《みなこ》を見《み》つめた。

「三組《くみ》の生徒《せいと》たち、成長《せいちょう》したね」

「はい、あいつらが俺《おれ》を守《まも》ろうとするなんて……」

「鵺野君《ぬえのくん》も成長《せいちょう》した。もう、私《わたし》は必要《ひつよう》ないみたいね」

「え？　いやいや、何《なに》いってるんですか、俺《おれ》にはまだ」

ぬ～べ～はあわててそういった。

「教師《きょうし》は生徒《せいと》が成長《せいちょう》して、自分《じぶん》を卒業《そつぎょう》してくれる日《ひ》を待《ま》ってるものなの。やっと、その日《ひ》がきた。いまの鵺野君《ぬえのくん》なら、私《わたし》がいなくても鬼《おに》の力《ちから》をコントロールできる。卒業《そつぎょう》、おめでとう」

「卒業《そつぎょう》？」

「私《わたし》、自分《じぶん》ではどうしてもできないことがあるの。鵺野君《ぬえのくん》におねがいしていい？」

美奈子《みなこ》の言葉《ことば》に、ぬ〜べ〜はきょとんとした。

「私《わたし》を、成仏《じょうぶつ》させて」

「そ、そんな、できません！」

美奈子《みなこ》がぬ〜べ〜の左手《ひだりて》をつかんだ。

「ここには、もういられないけど、遠《とお》くからずっと見《み》てるから。おねがい、鵺野君《ぬえのくん》の手《て》で、成仏《じょうぶつ》させて」

「……」

「おねがい……」

「お、俺《おれ》は美奈子先生《みなこせんせい》みたいになりたくて、教師《きょうし》になりました。いまの自分《じぶん》がいるのは、美奈子先生《みなこせんせい》がいたからです。全部《ぜんぶ》、美奈子先生《みなこせんせい》が……、いてくれたから……」

ぬ〜べ〜は目《め》をうるませ、ゆっくりと手袋《てぶくろ》をはずした。

「美奈子先生《みなこせんせい》、ありがとうございました」

「これからは、自分《じぶん》のえらんだ道《みち》を信《しん》じて」

微笑《ほほえ》む美奈子《みなこ》にむけて、ぬ〜べ〜は鬼《おに》の手《て》をそっとかざす。

美奈子《みなこ》は、やさしい金色《きんいろ》の光《ひかり》につつまれはじめた。

すうっとその体《からだ》がすきとおっていき、静《しず》かに消《き》えた。

「さよなら、美奈子先生《みなこせんせい》……」


妖怪《ようかい》や悪霊《あくりょう》たちの騒《さわ》ぎもなくなり、日常《にちじょう》の静《しず》けさをとりもどした童守高校《どうもりこうこう》。

二年《ねん》三組《くみ》のみんなが、いつものように下校《げこう》しようとすると……。

「あー、みんな、帰《かえ》る前《まえ》にちょっと話《はなし》がある」

ぬ〜べ〜がせきばらいして、帰《かえ》りはじめたみんなにむかって声《こえ》をかけた。

「わざわざ呼《よ》びとめるくらい、大事《だいじ》なことかよ」

克也《かつや》がふきげんそうに口《くち》をとがらせる。

「えーっと、実《じつ》は……」

「何《なに》？　早《はや》くいってくれる？　予定《よてい》があんだけど」

美樹《みき》がせかすようにいう。

「実《じつ》は、今学期《こんがっき》をもって、この学校《がっこう》をやめることにした」

それを聞《き》いた生徒《せいと》たちは全員《ぜんいん》、目《め》をまるくした。

「すまん、俺《おれ》のわがままを許《ゆる》してくれ！」

ぬ〜べ〜は頭《あたま》をさげた。みんなはあいかわらず、きょとんとしている。

「何《なに》それ、とつぜんすぎて、意味《いみ》わかんないんだけど」

美樹《みき》が怒《おこ》ったようにいった。

「うん、あのう……」

「え？　どういう理由《りゆう》なの？」

郷子《きょうこ》がつめよる。

「えっと、この町《まち》に、もう悪《わる》い妖怪《ようかい》はいなくなったんで」

「妖怪《ようかい》がいなくなったら、私《わたし》たちのことはどうでもいいの？」と静《しずか》。

「いやいや、そうじゃなくて」

「どうせ、あれだろ？『もうきめたことだ』的《てき》なことというパターンだろ」

秀一《しゅういち》がいうと、ぬ〜べ〜は頭《あたま》をかいた。

「俺《おれ》たちが何《なに》をいっても、気持《きも》ちは変《か》わらないの？」

まことは真剣《しんけん》なまなざしだった。

「ああ……」

「じゃあ、もう、いってもしょうがねえよな」

克也《かつや》が明《あか》るくいうと、みんなも「そりゃそうだな」とあっさりしていた。

ぬ～べ～は、にが笑《わら》いするしかなかった。


「そんな時《とき》、生徒《せいと》は涙《なみだ》を流《なが》して、鵺野先生《ぬえのせんせい》をとめるものじゃないんですか？」

話《はなし》を聞《き》きおえた玉藻《たまも》は、不思議《ふしぎ》そうな顔《かお》をした。

「俺《おれ》もそうかなと思《おも》ったんだけど。ま、ドライなのもあいつららしいけどな」

「ますます、人間《にんげん》というものがわからない」

「玉《たま》ちゃん、俺《おれ》は父《とう》さんの遺志《いし》をついで、あやかし封《ふう》じの旅《たび》にでようと思《おも》う。この左手《ひだりて》を必要《ひつよう》としている場所《ばしょ》があるかぎり、どこへでもいくつもりだ」

「あなたらしい決断《けつだん》ですね。でも、鵺野鳴介《ぬえのめいすけ》と玉藻京介《たまもきょうすけ》の勝負《しょうぶ》は、まだ終《お》わってませんよ」

玉藻《たまも》は白衣《はくい》をばさっとひるがえし、ファイティングポーズをとった。

「え？」

「私《わたし》はここに残《のこ》って、あなたよりも生徒《せいと》の心《こころ》を理解《りかい》し、あなたより生徒《せいと》の心《こころ》を支配《しはい》する教《きょう》師《し》になってみせます」

「いつか決着《けっちゃく》をつけよう。あいつらをたのんだぞ」

「アディオス、鵺野先生《ぬえのせんせい》」

玉藻《たまも》は、ぬ～べ～の左《ひだり》の拳《こぶし》に自分《じぶん》の拳《こぶし》を軽《かる》くつきあわせた。


童守寺《どうもりじ》の境内《けいだい》に、三組《くみ》の生徒《せいと》たちが集《あつ》まっていた。

「ぬ～べ～は本気《ほんき》だよ。このままじゃほんとにいなくなっちゃう」

まことが泣《な》きそうな声《こえ》をだす。

「どうしよう、やだ、そんなの」と美樹《みき》。

「俺《おれ》だって、やだよ」

広《ひろし》がいうと、法子《のりこ》も郷子《きょうこ》もうなずいた。

「なんとか、考《かんが》えなおすように、説得《せっとく》できないかな」

愛《あい》がメガネの奥《おく》の目《め》をうっすら閉《と》じてつぶやくと、静《しずか》が何《なに》かを思《おも》いついたように顔《かお》をかがやかせた。

「やっぱり、ぬ〜べ〜がいないとだめだってとこ、見《み》せればいいんじゃない？」

「どうやって？」と広《ひろし》。

「そうだな、まだこの町《まち》に妖怪《ようかい》がいるってことにしたらどうだ」

克也《かつや》の言葉《ことば》に、秀一《しゅういち》がぱちんと両手《りょうて》をたたいた。

「たしかに、それならほかの町《まち》にいったりはできない」

「じゃあ、僕《ぼく》、また人体模型《じんたいもけい》にとりつかれたふりする！」

晶《あきら》がいうと、美樹《みき》も覚悟《かくご》をきめた顔《かお》をする。

「私《わたし》、ぬ〜べ〜のためなら、また、ろくろっ首《くび》になってもいい」

「よし、いずなさんにも協力《きょうりょく》してもらおう！」

まことが叫《さけ》んだ時《とき》、和尚《おしょう》の大声《おおごえ》が聞《き》こえた。

「いずな！　考《かんが》えなおしてくれー！」

見《み》ると、いずながスーツケースをひいて、本堂《ほんどう》からでてきた。

和尚《おしょう》が半《はん》べそで追《お》いかけていた。

「よお、少年少女《しょうねんしょうじょ》たち、世話《せわ》になったね」

いずなは足《あし》をとめて、みんなを見《み》た。

「い、いずなさん、どっかいくの？」

まことがうろたえた。

「うん、ちょっくら、インドの山奥《やまおく》に修行《しゅぎょう》にいってくる」

「え、え、え、またとつぜんすぎて、わからないんだけど」

美樹《みき》はまるい大《おお》きな目《め》を白黒《しろくろ》させた。

「なんか、すっげえ霊能力《れいのうりょく》を持《も》ったお坊《ぼう》さんがいるらしくて、しかもイケメンらしいんだ、そこで修行《しゅぎょう》してくる」

「おい、みんなもいずなをとめてくれんか」

和尚《おしょう》はおろおろしていた。

「玉藻先生《たまもせんせい》のことは？　もう、あきらめたの？」

郷子《きょうこ》が聞《き》くと、いずなは首《くび》を横《よこ》にふった。

「ううん、あきらめたわけじゃない。もっとパワーアップして、妖狐《ようこ》玉藻《たまも》の彼女《かのじょ》にふさわしい『霊媒師《れいばいし》いずな』になって帰《かえ》ってくる予定《よてい》！」

きっぱりというういずなを、みんなはさびしげに見《み》ていた。

「そんな悲《かな》しい顔《かお》すんなって。みんなで次《つぎ》へすすまなきゃ、次《つぎ》へ！　アディオス！」

いずなは手《て》をふり、歩《あゆ》みだした。

「ぼくたちも、次《つぎ》にすすむためには、ぬ〜べ〜を卒業《そつぎょう》しなきゃいけないのかな……」

まことはつぶやいた。


アパートに帰《かえ》り、部屋《へや》のドアを開《あ》けたぬ〜べ〜は、はっとしてあわてて閉《し》める。

中《なか》に、ゆきめとリツコがいたからだ。

「なんでリツコ先生《せんせい》が……」

ドアの外《そと》で、ぬ〜べ〜はつぶやいた。

「そうか、俺《おれ》が学校《がっこう》をやめるって聞《き》いて、ひきとめにきたのか。や、もしかしたら、私《わたし》もつれてってとかいいだしちゃうのかな。私《わたし》とゆきめさんと、どっちをえらぶのとかいわれちゃったりして」

ぬ〜べ〜はにやけていた。

「でもな、二人《ふたり》ともつれてってはいけないんだな。困《こま》った、困《こま》った……。よいしょっと、ただいま！」

ぬ〜べ〜が部屋《へや》にあがると、二人《ふたり》がじっと見《み》ていた。

「困《こま》った、困《こま》った」といいながら、前《まえ》に座《すわ》った。

「鵺野《ぬえの》先生《せんせい》、私《わたし》たちも先生《せんせい》の宿命《しゅくめい》を受《う》けいれなきゃって、やっとわかったんです」

リツコが話《はなし》を切《き》りだした。

「というと？」

笑顔《えがお》のまま、きょとんとするぬ〜べ〜に二人《ふたり》は話《はなし》をつづけた。

「鵺野《ぬえの》先生《せんせい》がいなくなるのはつらいことですけど、逆《ぎゃく》にこれは、私《わたし》たちに与《あた》えられたチャンスだって、いま、ゆきめさんと話《はな》していたんです」

「私《わたし》たち、いつまでもダーリンにたよってちゃいけない。ダーリンのわがままを許《ゆる》してあげるのが、私《わたし》たちの役目《やくめ》だって」

「だから、二人《ふたり》で一緒《いっしょ》にお別《わか》れをいおうって、ね、ゆきめさん」

「うん」

「なんか、思《おも》ってたのとちがう……」

ぬ〜べ〜の顔《かお》から、にやけた表情《ひょうじょう》が完全《かんぜん》に吹《ふ》きとんだ。

「鵺野《ぬえの》先生《せんせい》！」

「ダーリン！」

そして、二人《ふたり》が声《こえ》をそろえていった。

「「さようなら！」」

「はあ……。なんだろう、二人同時《ふたりどうじ》にふられたこの感《かん》じ……」

ぬ〜べ〜はがっくりとうなだれた。


別《わか》れの日《ひ》、ぬ〜べ〜は校門《こうもん》の前《まえ》にいて、しみじみと校舎《こうしゃ》を見《み》つめていた。

横《よこ》には、リツコと玉藻《たまも》がいる。

「三組《くみ》の生徒《せいと》たち、見送《みおく》りにもきませんね」

リツコはがっかりした声《こえ》をだした。

「ちょっとさびしいですが、これがあいつらなりのお別《わか》れなんでしょう」

ぬ〜べ〜は少《すこ》し笑《わら》ってみせる。その時《とき》、玉藻《たまも》がにやりとした。

「いやいや、そうでもないみたいですよ」

玉藻《たまも》の視線《しせん》のさきには、遠《とお》くから生徒《せいと》たちが走《はし》ってきていた。

「ぬ〜べ〜！」

みんなが叫《さけ》びながら、こっちをめがけてやってくる。

「おまえたち……」

つぶやくぬ～べ～の元《もと》に、真《ま》っ先《さき》に着《つ》いたのはまことだった。

「ぬ～べ～、ほんとはみんなできめてたんだ、見送《みおく》るのはやめようって」

つづいて、美樹《みき》がハアハアいいながらかけよってきた。

「ぬ～べ～の顔見《かおみ》たら、私《わたし》たちぜったい、いかないでとかいっちゃいそうだし」

そして、静《しずか》。

「そんなことといっても、ぬ～べ～の気持《きも》ちが変《か》わらないのはわかってるし」

「私《わたし》たちの泣《な》き顔見《がおみ》たら、ぬ～べ～もでていきにくいだろうって」

そういう法子《のりこ》だが、その目《め》は泣《な》きはらしていた。

「ぬ～べ～クラスに、しめっぽいのはにあわないしな」

広《ひろし》がひたいの汗《あせ》を手《て》でぬぐってそういった。

「ああ」

ぬ～べ～はうなずく。

「でもやっぱり、みんなでぬ～べ～にお礼《れい》をいいたくて！」

まことの目《め》はうるんでいた。

「ぬ〜べ〜は、妖怪《ようかい》から俺《おれ》たちを守《まも》ってくれただけじゃない、いろんなことを教《おし》えてくれた」

克也《かつや》がそういうと、晶《あきら》もぬ〜べ〜への思《おも》いを口《くち》にする。

「たくさんの言葉《ことば》をもらったし、背中《せなか》で教《おし》えてくれた」

「あと、いっぱい笑《わら》わせてくれたし」と愛《あい》。

「正直《しょうじき》、何度《なんど》もかっこいいと思《おも》ったよ」

秀一《しゅういち》がそういうと、最後《さいご》にみんなの声《こえ》が一《ひと》つにまとまった。

「ありがとう、ぬ〜べ〜！」

「感謝《かんしゃ》するのは、俺《おれ》のほうだ」

ぬ〜べ〜は笑顔《えがお》でいった。

「ああ、だめ、私《わたし》やっぱり泣《な》いちゃいそう」

美樹《みき》が顔《かお》をくしゃっとさせた。

「美樹《みき》っ、笑顔《えがお》でぬ〜べ〜を送《おく》りださなきゃ」

そういう郷子《きょうこ》も、半《はん》べそになっていた。

生徒《せいと》たちみんなが涙《なみだ》をこらえて笑顔《えがお》をつくる。

「ぬ～べ～に出会《であ》って、この世《よ》にはありえないことなんてないってわかった。そして、何《なに》がおきても、どんなことがあっても、がむしゃらにむかっていくんだって！」

まことが目《め》に涙《なみだ》をいっぱいうかべていった。

そんなみんなに、ぬ～べ～が最後《さいご》の言葉《ことば》をおくった。

「俺《おれ》がここからいなくなっても、すべてがなかったことになるわけじゃない。ここでみんなといた時間《じかん》は、ずっと、俺《おれ》とみんなの心《こころ》に残《のこ》りつづける。俺《おれ》はいつもみんなと一緒《いっしょ》にいる。はなれていても、おまえらがピンチになった時《とき》は、必《かなら》ず俺《おれ》が、この手《て》で、たすけてやる！　約束《やくそく》する、俺《おれ》はそういう男《おとこ》だっ！」

◇◇◇◇◇◇◇◇◇◇◇◇◇◇◇◇異空間《いくうかん》◆◆◆◆◆◆◆◆◆◆◆◆◆◆◆◆

ここはぬ～べ～の左手《ひだりて》の中《なか》の世界《せかい》。そこにぬ～べ～がどさっと落《お》ちる。

以前《いぜん》と同《おな》じように、バキがふんぞりかえっていた。

「バキ、どうだった？」

ぬ～べ～が聞《き》くと、バキはにやりとした。

だが、心《こころ》なしか、またここにいることをはずかしそうにもしていた。

「まあ、おまえにしちゃ、めずらしく最後《さいご》はびしっときまったんじゃねえか」

「おおー、ほんと？　かっこよかった？」

「ああ、ちょっとな」

「あとは、あとは？　もっとほめて」

「あのさ、おまえのそういうとこが、かっこ悪《わる》いんだよ！」

バキがふきげんにいった時《とき》、いつものあの人《ひと》の声《こえ》が聞《き》こえた。

「はーい、二人《ふたり》ともケンカしなーい」

「あれ？　美奈子《みなこ》先生《せんせい》、何《なに》やってんすか？」

「ふふふ」

「けっこう感動的《かんどうてき》に成仏《じょうぶつ》したと思《おも》うんですけど……」

「そうなんだけど、やっぱり三人《にん》でいるほうが楽《たの》しいかなあって。バキも私《わたし》がいたほうがうれしいでしょ？」

「おう、まあな」

バキは少《すこ》してれたような顔《かお》でいった。

「ふふっ、すなおになったねえ」

美奈子《みなこ》はやさしく微笑《ほほえ》んだ。

◇◇◇◇◇◇◇◇◇◇◇◇◇◇◇◇◇◇◆◆◆◆◆◆◆◆◆◆◆◆◆◆◆◆◆◆

とある地方《ちほう》の小学校《しょうがっこう》。その校庭《こうてい》で、子供《こども》たちと校長先生《こうちょうせんせい》が遊《あそ》んでいた。

そこに、霊水晶《れいすいしょう》を持《も》った黒《くろ》い服《ふく》の男《おとこ》がやってくる。

その水晶《すいしょう》は、ほのかに光《ひか》っていた。

「あっ、お待《ま》ちしてました。みんな、新《あたら》しい先生《せんせい》だぞ」

校長《こうちょう》がいうと、子供《こども》たちが集《あつ》まった。

水晶《すいしょう》には、タヌキのような妖怪《ようかい》の姿《すがた》をした校長《こうちょう》がうつっていた。

「鵺野鳴介《ぬえのめいすけ》だ、『ぬ〜べ〜』って呼《よ》んでくれ!」

ぬ〜べ〜のあいさつに、校長《こうちょう》が笑《わら》いだした。

「『ぬ〜べ〜』？　おもしろい名前《なまえ》だ」

子供《こども》たちがさっそく「ぬ〜べ〜!」と声《こえ》をかける。

「よろしく！」

ぬ〜べ〜は、左手《ひだりて》の親指《おやゆび》をたてて、にっこりと笑《わら》った。

この本は、ドラマ『地獄先生ぬ〜べ〜』（マギー・佐藤友治脚本／日本テレビ作品）をもとにノベライズしたものです。

また、ドラマ『地獄先生ぬ〜べ〜』は、ジャンプコミックス『地獄先生ぬ〜べ〜』（真倉翔・岡野剛／集英社）を原作としてドラマ化されました。

集英社みらい文庫

地獄先生《じごくせんせい》ぬ～べ～

ドラマノベライズ　ありがとう、地獄先生《じごくせんせい》!!

真倉《まくら》 翔《しょう》　岡野《おかの》 剛《たけし》 原作　マギー　佐藤友治《さとうともはる》 脚本

岡崎弘明《おかざきひろあき》 著　マルイノ 絵

ファンレターのあて先

〒101-8050　東京都千代田区一ツ橋2-5-10　集英社みらい文庫編集部

いただいたお便りは編集部から先生におわたしいたします。

2015年2月10日　第1刷発行

発行者	鈴木晴彦
発行所	株式会社 集英社 〒101-8050　東京都千代田区一ツ橋2-5-10 電話　編集部 03-3230-6246 　　　読者係 03-3230-6080 　　　販売部 03-3230-6393(書店専用) http://miraibunko.jp
装丁	+++ 野田由美子　中島由佳里
印刷	凸版印刷株式会社
製本	凸版印刷株式会社

★この作品はフィクションです。実在の人物・団体・事件などにはいっさい関係ありません。

ISBN978-4-08-321250-5　C8293　N.D.C.913　268P　18cm

シリーズ累計《るいけい》2500万部《まんぶ》超《ご》えの大人気《だいにんき》作品《さくひん》!!

絶賛《ぜっさん》発売中《はつばいちゅう》!!

みらい文庫《ぶんこ》の「地獄先生《じごくせんせい》ぬ〜べ〜」シリーズ

地獄先生《じごくせんせい》ぬ〜べ〜
ドラマノベライズ
地獄先生《じごくせんせい》、登場《とうじょう》!!

原作《げんさく》・真倉《まくら》 翔《しょう》 岡野《おかの》 剛《たけし》
脚本《きゃくほん》・マギー 佐藤友治《さとうともはる》
著《ちょ》・岡崎弘明《おかざきひろあき》 絵《え》・マルイノ

話題《わだい》のドラマノベライズ第《だい》1弾《だん》!! かわいいぬ〜べ〜のイラストが目印《めじるし》!!

地獄先生《じごくせんせい》ぬ〜べ〜
鬼《おに》の手《て》の秘密《ひみつ》

地獄先生《じごくせんせい》ぬ〜べ〜
童守小学校《どうもりしょうがっこう》の七不思議《ななふしぎ》

原作《げんさく》／絵《え》・真倉《まくら》 翔《しょう》 岡野《おかの》 剛《たけし》 著《ちょ》・岡崎弘明《おかざきひろあき》
人気《にんき》の高《たか》いエピソードを集《あつ》めた漫画原作《まんがげんさく》シリーズも好評発売中《こうひょうはつばいちゅう》!!

地獄先生《じごくせんせい》ぬ～べ～ NEO《ネオ》

コミックス2巻《かん》 ■JCGJ ■新書判

原作《げんさく》・真倉《まくら》 翔《しょう》　漫画《まんが》・岡野《おかの》 剛《たけし》

ぬ～べ～の新《あら》たなるたたかい!!　グランドジャンプでぬ～べ～のアツいバトルが連載《れんさい》中《ちゅう》です♪

集英社文庫《しゅうえいしゃぶんこ》〈コミック版《ばん》〉

地獄先生《じごくせんせい》ぬ～べ～

全《ぜん》20巻《かん》 ■集英社文庫 ■文庫判

原作《げんさく》・真倉《まくら》 翔《しょう》　漫画《まんが》・岡野《おかの》 剛《たけし》

すべてはここからはじまった!!　ぬ～べ～のバトルを完全収録《かんぜんしゅうろく》!!

「みらい文庫《ぶんこ》」読者《どくしゃ》のみなさんへ

言葉《ことば》を学《まな》ぶ、感性《かんせい》を磨《みが》く、創造力《そうぞうりょく》を育《はぐ》む……、読書《どくしょ》は「人間力《にんげんりょく》」を高《たか》めるために欠《か》かせません。

たった一枚《いちまい》のページをめくる向《む》こう側《がわ》に、未知《みち》の世界《せかい》、ドキドキのみらいが無限《むげん》に広《ひろ》がっている。

これこそが「本《ほん》」だけが持《も》っているパワーです。

学校《がっこう》の朝《あさ》の読書《どくしょ》に、休《やす》み時間《じかん》に、放課後《ほうかご》に……。いつでも、どこでも、すぐに続《つづ》きを読《よ》みたくなるような、魅力《みりょく》に溢《あふ》れる本《ほん》をたくさん揃《そろ》えていきたい。読書《どくしょ》がくれる、心《こころ》がきらきらしたり胸《むね》がきゅんとする瞬間《しゅんかん》を体験《たいけん》してほしい、楽《たの》しんでほしい。みらいの日本《にほん》、そして世界《せかい》を担《にな》うみなさんが、やがて大人《おとな》になった時《とき》、「読書《どくしょ》の魅力《みりょく》を初《はじ》めて知《し》った本《ほん》」「自分《じぶん》のおこづかいで初《はじ》めて買《か》った一冊《いっさつ》」と思《おも》い出《だ》してくれるような作品《さくひん》を一所懸命《いっしょけんめい》、大切《たいせつ》に創《つく》っていきたい。

そんないっぱいの想《おも》いを込《こ》めながら、作家《さっか》の先生方《せんせいがた》と一緒《いっしょ》に、私《わたし》たちは素敵《すてき》な本作《ほんづく》りを続《つづ》けていきます。「みらい文庫《ぶんこ》」は、無限《むげん》の宇宙《うちゅう》に浮《う》かぶ星《ほし》のように、夢《ゆめ》をたたえ輝《かがや》きながら、次々《つぎつぎ》と新《あたら》しく生《う》まれ続《つづ》けます。

本《ほん》を持《も》つ、その手《て》の中《なか》に、ドキドキするみらい――。

本《ほん》の宇宙《うちゅう》から、自分《じぶん》だけの健《すこ》やかな空想力《くうそうりょく》を育《そだ》て、〝みらいの星《ほし》〟をたくさん見《み》つけてください。

そして、大切《たいせつ》なこと、大切《たいせつ》な人《ひと》をきちんと守《まも》る、強《つよ》くて、やさしい大人《おとな》になってくれることを心《こころ》から願《ねが》っています。

２０１１年《ねん》　春《はる》

集英社《しゅうえいしゃ》みらい文庫編集部《ぶんこへんしゅうぶ》